Xerif Aledris

Descripción de España

Xerif Aledris

Descripción de España

Reimpresión del original, primera publicación en 1799.

1ª edición 2022 | ISBN: 978-3-36811-353-7

Verlag (Editorial): Outlook Verlag GmbH, Zeilweg 44, 60439 Frankfurt, Deutschland
Vertretungsberechtigt (Representante autorizado): E. Roepke, Zeilweg 44, 60439 Frankfurt, Deutschland
Druck (Imprenta): Books on Demand GmbH, In de Tarpen 42, 22848 Norderstedt, Deutschland

ذكــــــر الانــــدراــــس

تــاليف شريف الادريـس

DESCRIPCION DE ESPAÑA

DE XERIF ALEDRIS,

CONOCIDO POR EL NUBIENSE,

CON TRADUCCION Y NOTAS

DE DON JOSEF ANTONIO CONDE,

DE LA REAL BIBLIOTECA.

DE ÓRDEN SUPERIOR.

MADRID EN LA IMPRENTA REAL.

POR D. PEDRO PEREYRA, IMPRESOR DE CAMARA DE S. M.

MDCCXCIX.

PRÓLOGO.

La excelente lengua de los Árabes, que llegó á ser casi general en España por algunos siglos, y se hablaba en las riberas del Guadalquivir y del Tajo con la misma elegancia que en el Yemen y á las orillas del Diglat, se fué extrañando de nuestra Península con el imperio de los Musulmanes; y la enemistad y el odio de nuestros antepasados con los Moros, fomentado por el indiscreto zelo de algunos Prelados eclesiásticos, no quedó satisfecho hasta que arrojó de entre nosotros las miserables reliquias de la gente mora [1], y al mismo tiempo la industria y pobla-

---

[1] En la expulsion de los Moros del año 1525, y en la de los Moriscos en el de 1614.

cion de nuestros lugares, y la agricultura de nuestros campos.
Del olvido é ignorancia de esta
antigua y preciosa lengua naciéron
aquellos extraños ' decretos del Cardenal Ximenez de Cisneros, tan
fatales para la literatura oriental:
casi todas las naciones eran bárba-
ras, quando los Árabes eran doctos, y los de España doctísimos.
¿Quantos preciosos tratados consu-
miéron las llamas? ¿Quantas noticias históricas, las mas importantes,
tratados geográficos, tablas astronómicas, libros de agricultura, de bo-
tánica, recetarios de remedios saca-
dos de antiguas experiencias, prác-
ticas de artes é industria, de tintore-
ría y manufacturas de seda, sus ob-

---

1 De órden del Cardenal Cisneros se abrasáron mas de ochenta mil volúmenes, como si
no tuvieran mas libros que su Alcoran.

servaciones y trabajos de minas, sus
estilos de comercio y contribucion?
Todo lo abrasáron, todo se perdió...
Parece que nuestros Prelados eclesiásticos quisiéron vengar el bárbaro ¹ ultraje que el Califa Omar hizo
á la literatura en el principio del Islam con otro poco menos bárbaro.
Consumidos así los tesoros de
literatura arábiga que habia en España, se siguió el olvido y general abandono de esta lengua, y entre tantos Españoles doctos en he-
breo, griego y caldeo, apenas hay
memoria de alguno que entendiese
la lengua de los Árabes : en nuestros mejores historiadores, en los

1   Amru Ben Alâs quemó en Alexandría la célebre biblioteca del Serapeon, regalo de Marco
Antonio á Cleopatra ; era la biblioteca de Pér-
gamo : la otra de Bruchion la quemáron los sol-
dados de César, que era la de Ptolomeo.

mas juiciosos nótamos esta falta; y en verdad que hubieran hecho un uso muy importante de las memorias históricas de los Árabes; pero ya no habia medio de leerlas: de aquí provienen las obscuridades de nuestra historia en las cosas de los Moros, y esto ha llenado nuestras Crónicas de especies falsas y mal averiguadas, y es la verdadera causa de la ignorancia en las noticias de nuestra literatura [1], y en los orígenes de nuestra lengua.

Por fortuna en estos tiempos principia á tener estimacion en Es-

[1] Existen entre los manuscritos árabes muchos que estan en castellano y árabe, y otros en solo castellano, donde se nota el estado de nuestra lengua entre los Moros, y no son todos tradicionales y religionarios, hay *historias*, *romances y poesías*: entre otros hay en la Real Biblioteca un poema *de Josef el Patriarca* en versos alexandrinos en lenguage muy viejo.

paña el conocimiento de esta lengua; y con el favor que S. M. hace á los que á ella se dedican, debemos esperar los mas útiles pro-
gresos : la presente obrilla es una
prueba de la atencion que merecen
á S. M. estos trabajos.

Desde que por el favor del sabio y generoso Califa Almamûm
se trasladáron al Asia los conocimientos científicos y el gusto de
toda la literatura de Grecia, y los
Príncipes sus sucesores con igual
empeño protegiéron á los sabios,
se hiciéron excelentes tablas astronómicas y geográficas, y en tanto
número, que seria necesario un
prolixo discurso para referir solamente los nombres de los Astrónomos y de los Príncipes que pro-
movian tan útiles trabajos. En la
lengua arábiga y pérsica estaban de-

positados estos conocimientos, y nuestro sabio Rey D. Alfonso congregando los mas doctos Árabes, Ebreos y Moros dexó el eterno monumento de sus Tablas Alfonsinas, no menos famosas que las Almamúnicas é Ilchánicas [1]: desde aquella edad se hizo mas importante el estudio de la lengua de los Árabes, y sin el auxîlio de Nasir-Eddin, Ulug-Beig, Alfergani, Ebn Haucal, Jacût, Ben-Wardi, Aly Ogly Hassan, Marach, Abu-Rihân, Aledris y Abu'l Fedâ, tendriamos muy limitadas noticias de las apartadas regiones de Oriente, y de la posicion de muchas ciuda-

---

1 Las que se hiciéron en Maraga de órden de Ilach Chan, Príncipe de los Tártaros, por Chojia Nassir-Eddin el Tusy, y Muhayed-Eddin Alfarady, y Jahya Ben Almagreby: tablas que celebra Xah–Cholgi, astrónomo persa.

des, que la peste, la desolación de
la guerra, y otras calamidades, hiciéron desaparecer de sobre la tierra.

Considerando que la principal y
casi única utilidad que del conocimiento de esta lengua puede re-
sultarnos ha de ser ilustrar las cosas de nuestra historia, he creido
conveniente, mientras no se ofrece cosa mas oportuna, traducir la
Descripcion árabe de España de
Xerif Aledris, que aunque mútila
é inexâcta, trata de nuestra Península mas de propósito que ningun
otro geógrafo árabe que conozca-
mos: acreditan su mérito las refe-
rencias de casi todos los geógrafos
que le han sucedido, y especialmente Abu Zeid el Hasen Syrafi,
Ismael Abu'l Feda, y otros de los
mas célebres escritores de Oriente.

Xerif Aledris vino de Africa á

Sicilia huyendo de la persecucion de Mahadi el Phathimita, y fué benignamente acogido de Rugero el Conquistador, Rey de aquella Isla: allí escribió su Geografía por el estilo de la de Estrabon, añadiendo á cada uno de los climas su tabla de longitudes : intituló su libro: *Recreacion del deseo , de la division de las regiones*[1] ; y con otro nombre *Libro de Rugero* , porque le dedicó al mismo Príncipe.

Por desgracia este precioso libro cayó en manos de un abreviador, que con pretexto de compendiarle dexó solamente un miserable fragmento, falto de las tablas de longitud y latitud, erradas las distancias, y viciada la escritura de muchos

1 نزهة المشتاق في افتراق الآفاق كتاب لرجر ٭
Escribió su Geografía en el año 548 de la Hegira; de J. C. 1153.

nombres. Tal es la edicion Medicea, la única que de él se ha hecho
en Europa [1], y tal por consiguiente la version latina que hiciéron los
Maronitas [2]: ni podia resultar otra
cosa juntándose al depravado exemplar el poco conocimiento de las
regiones para corregir las infinitas
faltas del original; por otra parte
se nota ademas de la poca exâctitud de aquella version [3], que los
Maronitas no habian leido muchos
Geógrafos, pues tuviéron *al-No-
zhet al-Mostâk*, *recreacion del
deseo*, por de autor anónimo, y con
ligero fundamento la intituláron
Geografía del Nubiense [4], quando

1 Imp. en Roma en 1592.
2 Imp. en Paris en 1619.
3 Ludolf, Golio, Hyde, Bochart, Renau-
dot, Pocock, Gravio, Casiri, y todos los célebres orientalistas despreciáron esta version.
4 Mas fácil conjetura es decir que fué Egip-

apenas hay geógrafo árabe que no cite muchas veces á Xerif Aledris en su *Nozhet al-Mosták.*

Yo no quiero ahora detenerme á comparar mi traduccion con la de los Maronitas ; los inteligentes que quieran tomarse este trabajo juzgarán del mérito de ambas. En esta especie de escritos es tanta la facilidad de desatinar, que deben disimularse los defectos de los intérpretes : el genio particular de la lengua, la escritura intricada y péndula son unas dificultades que solo conocen los inteligentes : una misma letra sin los ápices que la distinguen, ó dislocados un poco, producen

---

cio, pues quando menciona el Nilo dice que divide su tierra : نيل مصر الذي يشق اوضننا *el Nilo de Egipto, que corta nuestra tierra,* 4 p. del clima 1 ; pero no es Edris el que dice esto, sino el abreviador, que seria Copto.

diferentes combinaciones, y resultan diversos sentidos: esto es tan freqüente como los escritos.

El método de nuestro Aledris es el seguido generalmente por otros geógrafos árabes y persas; pues ademas de los siete climas fixos y verdaderos que consideran todos en el globo, supone otros en cada region, que contienen varias provincias, dándoles la extension que le pareció mas cómoda para sus divisiones; por eso distinguen el *clima verdadero* del *clima conocido*: el verdadero es uno de los siete, y el conocido aquella extension arbitraria de pais que facilita sus divisiones.

Son varias las medidas geodéticas con que los Árabes señalan las distancias de los lugares: las mas principales y usadas generalmente por Árabes y Persas son *el dedo, el codo, la milla, la parasanga, la merhala* ó *jornada,* y la *carrera* ó *curso.*

El dedo es tanto *como seis granos de cebada iguales, unidos entre sí por los costados*: Aledris y Abu'l Feda lo dicen así, y el sabio Astrónomo Persa Aly Cusghy añade *que cada grano es quanto seis cerdas de cola de caballo* [1].

El codo es mayor y menor: el de los antiguos *de treinta y dos dedos,* y el de los modernos *de veinte y quatro*: las diferencias del codo *haxemita,* del de *mano justa,* y el del *negro,* no son del caso para la inteligencia de nuestro Geógrafo.

El millar ó la milla es asimis-

هر اصبع مقدار شش حو معتدل‌ال وهر حــو ١
مقدار شش تاره موي بال اسب* *Cada dedo quanto seis granos iguales; y cada grano quanto seis cerdas de cola de caballo.*

mo. mayor y menor; la de los antiguos *tres mil codos*, la de los modernos de *quatro mil*: diferencia nacida de la variedad de los codos, pues la cantidad de la milla es la misma, aunque el número de los codos es diverso.

La parasanga [1], segun los Árabes y Persas, es de tres millas: los antiguos Griegos reputaban esta medida pérsica por treinta estadios: los Egipcios por sesenta, y nosotros la consideramos como una legua poco mas ó menos: Xerif la reputa *en doce mil codos* [2].

La merhala, que nosotros llamamos jornada, y los Moros españoles *mexí-l nihar*, camino de

---

1 فرسنك Parsankg, de فرس ófars, y سنك sankg, como si dixéramos, *pérsica piedra*; al estilo romano *primum ab urbe lapidem*.

2 فرسنك اثنا عشر الف ذراع *La parsanga doce mil codos*.

un dia, viene á ser ocho leguas;
los Persas dicen que la merhala es
camino de un dia , *lo que camina un camello cargado en un dia
ocho parasangas* [1]: nuestro Xerif
la reputa por treinta millas; Abu'l
Feda sigue la opinion de los Persas.

El curso ó carrera es la mayor
medida de distancias; y segun los
Árabes y Pèrsas en el mar es *quanto corre una nave en un dia y una
noche con buen viento igual*, y en
tierra *quanto puede correr un buen
caballo en el mismo tiempo*: nuestro Xerif lo reputa por grado y
medio, ó cien mil pasos.

Alguna vèz usa nuestro geógrafo para expresar distancias de
tiro de flecha ó tiro de piedra, que

---

1 روز راه از شتر محمول هشت فرسنك : lo
que los Árabes llaman سير القوافل *camino de cá-
filas ó de caravanas.*

son distancias pequeñas y conocidas.

Es fuera del caso tratar aquí de los instrumentos geodéticos, la *casaba* ó pértiga que nosotros podemos llamar *vara*, de la *ashlà* de Basora ó cuerda pérsica, del *fiddam ottam* ó gran *fiddam* de los Árabes y Coptos, y de otras usadas de Árabes, Turcos y Persas, puesto que nuestro autor no las menciona, ni son necesarias para su inteligencia.

Si los manuscritos que adquiriéron Pocock y Graw en Siria y en Egipto no se han perdido, tal vez se logrará algun dia una edicion completa de Xerif Edrisi. Entre tanto debemos á la beneficencia de S. M. la edicion de esta parte perteneciente á España, corregida quanto ha sido posible, aunque sin el auxîlio de manuscritos antiguos; he visto alguna copia, pero posterior á la edicion Medicea, con los infinitos defectos de ella, y ademas los innumerables descuidos del copiante; pues entre tantos manuscritos árabes como tiene S. M., no se halla ninguno de este Geógrafo, ni de otro que describa á España, si no se ocultó á la diligencia del celebre Casiri, ni lo pasó por alto su auxîliar en el escrutinio; por otra parte esto no es extraño, pues como nuestros manuscritos han sido de adquisiciones casuales, aunque hay muchos, faltan los mas preciosos libros de Oriente. La excelente coleccion de Zidan de Marruecos, como todos saben, se perdió en el incendio del Escorial, y quedáron muy pocos, y tal vez los mas despreciables.

En la traduccion he conservado algunas voces árabes, y casi siempre las siguientes: *Veled* tierra, pueblo; *Medina* ciudad; *Caria* alquería ó villar de corta poblacion; *Aldea* sitio de labranza, casas de campo de labor; *Dar* casa; *Menzil* posada, parador; *Bahr* mar; *Gezira* ó *Algezira* isla ó península; *Albuhira* ó *Albufera* marina, costa de mar; *Nahr* rio, corriente; *Wad* ó *Guad* lo mismo, rio, arroyo; *Cántara* ó *Alcántara* puente. *Mersa* puerto: *Tarif* ó *Tarf* puntal, cabo, promontorio; *Gebal* monte; *Hisn* castillo, fuerte; *Calaat* ó *Alcalá* lo mismo; *Munia* ó *Almunia* fortificacion excelente inacesible; *Alcázar* casa fuerte; y generalmente la pronunciacion arabesca que tenian los nombres de los pueblos, montes y rios.

Me he propuesto en la edicion
corregir los defectos manifiestos del
texto original , y traducirle muy á
la letra para que los curiosos de
nuestras cosas, que no entienden la
lengua árabe puedan formar sus
conjeturas con seguridad , y reducir las poblaciones que menciona á
los lugares que las corresponden;
por esta razon mi principal cuidado ha sido la exâctitud de la traduccion sin detenerme en otra cosa.

En las anotaciones no hay mas
que las conjeturas que facilmente
se me ofrecian recorriendo el tratado. Los que no conocen los fundamentos y reglas críticas y cons-
tantes en que se apoyan estas conjeturas etimológicas las desprecian
como arbitrarias, vagas y desati-
nadas: por eso es desgracia saber
lo que los mas ignoran.

ذكــــر الانـــدراســـس

تاليف شريف الادريس.

DESCRIPCION DE ESPAÑA

DE XERIF ALEDRISI.

DESCRIPCION DE ESPAÑA

DE XERIF ALEDRISI.

En el nombre de Dios misericordioso.

Esta primera parte del quarto clima principia en la última banda del Occidente, de donde sale el seno del mar de Xâm del mar occidental hácia. el Oriente, y en esta parte se contiene la region Andalus, que los Griegos llaman Esbânia, y tambien Gezirat Andalus; Gezira, porque su forma es triangular, y se estrecha por la parte oriental hasta ser entre el mar Xâmi y el mar occidental que rodea la isla Andalus cinco dias, y una punta de ella de distancia como diez y siete dias, y esta punta está en el extremo de Occidente, en los últimos términos de lo habitado de la tierra, cercada por el mar Océano, y no se sabe lo que hay mas allá de este mar Océano: ninguno ha podido averiguar cosa cierta de él, por su difícil

٭ بسم الله الرحمن الرحيم ٭

ان هذا الجز الاول من الاقليم الرابع
مبدوة من المغرب الاقصي حيث البحر
المظلم ومنه يخرج خليج البحر الشامي
ما را الي المشرق وفي هذا البـحـر
المرسوم بلاد الاندلس المسماه باليونانية
اشبانيا وسميت جزيرة الاندلس جزيرة
لانها مشكل مثلث ويضيق من نـاحيـة
المشرق حتي يكون بين البحر الشامي
والبحر المظلم المحيط بجزيرة الاندلس
خمسة ايام وراسها العريض نحو مـــن
سبعة عشر يوما وهذا الراس هـو فـي
اقصي المغرب في نهاية انتها المعمور من
الارض محصور في البحر المظلـــم ولا
يعلم أحد ما خلف هذا البحر المظلم
ولا وقف بشر منه علي خبر صحيح

لصعوبة عبوره وظلام انواره وتعاظم موجه وكثرة اهواله وتسلط دوابه وهيجان رياحه وبه جزائر كثيرة ومنها معمورة ومغمورة وليس احد من الربانيين يركبه عرضا ولا ماحجا وانما يمر منه بطول الساحل لايفارقه وامواج هذا البحر تتدفع متقلقلة كالجبال لا ينكس ماوها والافلو تكسر موجه لما قدر احد علي سلوكه ۞

والبحر الشامي في ما يحكي كان بركة منحازة مثل ما هو عليه الان بحر طبرستان لا يتصل ماوه بشي من مياة البحور وكان اهل المغرب الاقصي من الامم السالفة يعبرون علي اهل الاندلس فيضرون بهم كل الاضرار

y peligrosa navegacion , obscuridad, profundas aguas y freqüentes tempestades , por el temor de sus enormes pescados y soberbios vientos ; pero se hallan en él muchas islas, algunas habitadas , y despobladas otras : no habrá marino que se atreva á navegarle , ni á entrar en su profundidad; y si algo han navegado en él ha sido siempre siguiendo sus costas sin apartarse de ellas: las olas de este mar aunque se agitan y oprimen entre sí elevadas como montes , se mantienen siempre así , y no se quiebran ; porque si se rompieran seria imposible el surcarle.

El mar de Xâm , segun se cuenta, era en otros tiempos un lago cercado por todas partes como el mar de Taberistân , cuyas aguas no tienen comunicacion con las de los otros mares ; de manera , que en los pasados tiempos los habitantes del último Occidente invadiéron á los pueblos de Andalus haciéndoles graves daños,

y estos por su parte los hacian tambien á los otros , viviendo siempre
en guerra entre sí hasta el tiempo de
Alexandro , el qual habiendo llega-
do á los pueblos de Andalus , como
entendiese sus continuas desavenen-
cias con los de Sûs , consultó á sus sabios y artífices acerca de cortar aquella tierra árida , y abrir un canal: para
esto les mandó medir la tierra y la
profundidad de los dos mares , lo
qual executáron, y viéron que el mar
Xâmi era poco menos profundo que
el grande Océano , y alzáron los Veledes que habia sobre la costa del
mar Xâmi , mudándolos de lo hondo á lo elevado : luego mandó cavar
la tierra que habia en medio de Veled Tangha y Veled al-Andalus ; y
cavóse hasta llegar la cava á los montes que habia en lo mas baxo de la
tierra , y edificó sobre ella arrecifes
con piedras y cal , y la acabó , y era
la longitud del edificio doce millas,
la misma distancia que habia entre

وأهل الأندلس أيضاً يكابدونهـــم
ويحاربونهم جهد الطاقة الي ان كـــان
نرمان الاسكندر ووصل الي اهل الاندلس
فاعلموه بماهم عليه من التناكر مع اهل
السوس فاحضر الفعلة والمـهندسيــن
وقصد مكان البرقاق وكان ارضـا جـــافة
فــــام المهندسين بوزنن الارض ووزنن
سطوح ما البحرين فوجدوا البحر الكبير
يشف علوه علي البحـــر الشامي بشـي
يسير فرفعوا البلاد التي علي الساحـــل
من بحر الشام ونقلها من اخفض الي
ارفع ثم امر ان تحفر الارض التي بين
بلاد طنجة وبلاد الاندلس فحفرت حتي
وصل الحفر الي الجبال التي في اسفل
الأرض وبني عليها رصيفا بالحـجـــر
والجيار افراغا وكان طول البنا اثنـــي
عشر ميلا وهو الذي كـــان بـــين

البحرين من المسافة والبعد وبني
رصيفا اخر يقابله من ناحية ارض
طنجة وكان بين الرصيفين سعة
ستة اميال فقط ۞

فالما اكمل الرصيفين حفر للما من
جهة البحر الاعظم فمر ماوه بسيله وقوته
بين الرصيفين ودخل البحر الشامي
ففاض ماوه وهلكت مدن كثيره كانت علي
الشطين معا وغرق اهلها وظفا الما علي
الرصيفين نحو احدي عشرة قامة فاما
الرصيف الذي يلي بلاد الاندلس فانه يظهر
في اوقات صفا البحر في جهة الموضع
المسمي بالصفيحة ظهورا بينا طوله علي
خط مستقيم والربيع قد نرعه وقد راينا
عيانا وجربنا بطول البرقاق مع هذا البنا
واهل الجزيرة يسمونه القنطرة ووسط هذا
البنا يوافق الموضع الذي فيه حجر الايل

los dos mares: y edificó otro arrecife delante de la parte de Tangha, y entre los dos arrecifes habia el espacio de seis millas solamente.

Quando hubo acabado los arrecifes hizo romper el paso del agua desde el mar grande, que con su violento ímpetu entre los dos arrecifes entró en el mar Xâmi hinchando sus aguas, de manera que pereciéron muchas ciudades que estaban en su orilla, ahogándose sus moradores, porque las aguas subiéron sobre los arrecifes casi once estados, y el arrecife que estaba de la parte de Veled-Andalus se descubre en tiempo de mar tranquilo en aquel sitio que llaman Safiha, y aun su extension, que es en línea recta, ha sido medida por Alrabie, y nos lo vimos por nuestros ojos, y pasamos á lo largo del canal por esta fábrica, y la gente de Algezira la llama Alcántara, y el medio de este edificio corresponde al sitio en que está Higar-Egêl sobre el

mar ; y el otro arrecife de la banda
de Veled Tangha luego que el agua
entró en él , arrebató impetuosamen-
te la tierra opuesta , y lo fué soca-
vando de manera que no quedó cimiento hasta llegar á los montes de
ambos lados.

La longitud de este paso llamado
Alzakak es de doce millas , y sobre su punta en la parte oriental está
la ciudad llamada Gezirat Alchadra,
y en la punta de la occidental la ciudad llamada Gezira Tarif: en frente
de Gezira Tarif, en la otra parte del
mar, está el puerto Alcazâr , así llamado de Masmuda ; y en frente de
Gezirat Alchadra á la otra parte está
la ciudad Sebta, y la anchura del mar
entre Sebta y Algezira de diez y ocho
millas ; y la anchura del mar entre
Gezira Tarif y Alcazâr Masmuda doce millas: y fluye y refluye dos veces

علي البحر واما الرصيف الاخر الذي كان
في جهة بلاد طنجة فان الما حملة في
صدره واحتفر ما خلفهما من الارض وما
استقر ذلك منه حتي وصل الجبال من
كلتي الناحيتين ۞

وطول هذا المجاز المسمي بالزقاق
اثنا عشر ميلا وعلي طرفه من جـهـة
المشرق المدينة المسماة بالجـزيــرة
الخضرا وعلي طرفه في جهة المـغـرب
المدينـة المسماة بجزيرة طريف ويقابل
جزيرة طريف في الجهة الثانية من البحر
مرسي القصر المنسوب لمصمودة ويقابل
الجزيرة الخضرا في تلك العدوة مدينة
سبتة وعرض البحر بين سبتة والجزيرة
ثمانية عشر ميلا وعرض البحر بين جزيرة
طريف وقصر مصمودة اثنا عشر ميلا وهذا
البحر في كل يوم وليلة يجـزر مـرتين

ويمتلي مرتين فعلا دايما ذلك تقدير
العزيز الحكيم ۞

فاما ما علي ضفة البحر الكبير من
المدن الواقعة في هذا الجز المرسوم فهي
طنجة وسبتة وتكرور وبادس والمزمة
ومليلة وهنبين وبني ونرار ووهران ومستغانم
فاما مدينة سبتة فهي تقابل الجزيرة
الخضرا وهي سبعة جبال صغار متصلة
بعضها ببعض معموره طولها من المغرب
الي المشرق نحو ميلا ويتصل بها من
جهة المغرب وعلي ميلين منها جبل مسي
وهذا الجبل منسوب لموسي بن نصير
وهو الذي كان علي يديه افتتاح
الاندلس في صدر الاسلام وتجاوره
جنات وبساتين واشجار وفواكة كثيرة
وقصب سكر واترج يتجهز به الي ما جاور
سبتة من البلاد لكثرة الفواكة يها

con perpetuo movimiento por el poder del Todopoderoso y sabio.

Las ciudades que caen á la orilla del gran mar, y se contienen en
esta partida son Tangha, Sebta y
Tekrur, Bedis, Mezma, Melila,
Henin y Ben-Wazar, Wehran y
Mosteganem; y Medina Sebta está
en frente de Gezirat Alchadra, y
los siete montes pequeños cercanos
entre sí de su poblacion; su longitud de Occidente á Oriente como
una milla, y llega de la parte de
Occidente como dos millas de ella
Gebal Muzá; llamado así este monte de Muzá Ben Nassir, el que di-
rigió la conquista de Andalus en el
principio del Islam: tiene corrientes,
jardines, vergeles y arboledas, y
abundancia de frutas, cañas de azúcar y toronjas, que se llevan á las cercanías de Sebta de los lugares muy
abundantes de fruta en aquella parte;

y es llamado este lugar Belyones; y
en este sitio hay fuentes, agua corriente, y abundancia de fructifica-
cion.

Llega á la ciudad por la parte
oriental un alto monte que llaman
Gebal Almina, y su altura es llana,
y sobre su cumbre hay un muro que
edificó Muhammed Ben Abi Amer
quando pasó á ella desde el Andalus, y queria que se trasladase la ciudad á lo alto del monte; pero murió
quando acababa de edificar su muro,
y no pudiéron los habitantes pasar
á esta ciudad llamada Almina; y como permaneciesen en su ciudad, quedó Almina arruinada; y Medina Sebta se llamó con este nombre, porque
es isla cortada y rodeada por el mar
de todas partes, sino por la banda de
Occidente, y el mar casi la ciñe al
entorno; y no queda sino poco espacio, como de tiro de flecha; y el
nombre del mar que hay entre ambas

وبسمي هذا المكان الذي جمع هذا كله
بليوبش وبهذا الموضع مياة جاربة
وعيون مطردة وخصب زرايد ٭

وبلي المدينة من جهة المشرق جبل
عال يسمي جبل المينة واعلاه بسيط وعلي
اعلاه سور بناه محمد بن ابي عامر عند
ما جاز البها من الاندلس واراد ان
ينقل المدينة الي اعلي الجبل فمات عند
فراغه من بنيان اسوارها وعجز اهل
سبتة عن الانتقال الي هذه المدينة المسماه
بالمينة فمكثوا في مدينتهم وبقيت
المينة خالية ومدينة سبتة سميت بهذا
الاسم لانها جزيرة منقطعة والبحر
يحيط بها من جميع جهاتها الا من
جهة المغرب فان البحر يكاد يلتقي
بعضه ببعض ولا يبقي بينهما الا اقل من
رمية سهم واسم البحر الذي بينهما

شمالا بحر الزقاق والبحر الزي يليها في جهة الجنوب يقال له بحر بسول وهو مرسي حسن يرسي به فيكن من كل ريح ومن مدينة سبتة الي قصر مصمودة في الغرب اثنا عشر ميلا ومن قصر مصمودة الي مدينة طنجة غربا عشرون ميلا ومن مدينة طنجة ينعطف البحر المحيط الاعظم اخذا في جهة الجنوب الي ارض تشمس ومن تشمس الي قصر عبد الكريم وهو علي مقربة من البحر وبينه وبين طنجة يومان ومن مدينة طنجة الي مدينة اريلا مرحلة وعلي مقربة منها في طريق القصر مصب نهر سفردة وهو كبير عذب تدخلة المراكب ۞

ومن مدينة سبتة السابق ذكرها بين جنوب وشرق الي حصن تطاون

por el Septentrion se llama Bahar
Alzakâk; y el mar que la baña por
el Mediodia se llama Bahar Bosul,
que es hermoso puerto para entrar
en él, y estar seguro de todo viento; y de Medina Sebta hasta Alcazar Masmûda por Occidente doce
millas; y de Alcazar Masmûda á
Medina Tangha al Occidente veinte
millas; y de Medina Tangha se dobla
el mar grande hácia Mediodia á tierra
Tesmes; y de Tesmes á Alcazar Abd-
el Kerim, que está en cercanías del
mar, y entre él y Tangha dos dias;
y de Medina Tangha á Medina Azila una jornada; y cerca de ella en camino de Alcazar corre el rio Safar-
dâ, que es grande y de agua dulce, y
van por él barcos.

De Medina Sebta, antes referida, entre Mediodia y Oriente á Hisn
Tetewan hay una buena jornada,

B

y entre este y el mar Xâm cinco millas, y es habitado de cierta tribu Albarbar llamada Magkesa; y de esta á Anzelân, y Anzelân es un puerto bien construido; y es el primer Veled de Gomara; y entre Sebta y Fes por mar ocho dias; de Tifisês á Alcazâr Tezka quince millas, y allí hay un puerto; de él á Hisn Mostasa medio dia, y es de Gomara.

Y de Mostasa á Hisn Kerkal quince millas, y tambien es de Gomara; y de Hisn Kerkal á Medina Bades cosa de medio dia; y de Medina Bades á puerto Buzcur veinte millas; y entre Buzcur y Medina Bades hay un monte conocido por Alagrâf; no hay en él puerto; y de Buzcur á Mezma veinte millas; y de Mezma al rio vecino, y de él al puntal se sube unas doce millas,

مرحلة وبينه وبين البحر الشامـــي
خمسة اميال وتسكنه قبيلة من البربر
تسمي مجكسة ومنه الي انزلان وانزلان
مرسي عامر وهو اول بلاد غمارة وبيـــن
سبتة وفاس علي طريق نرجان ثمانية
ايام ومن تيفيسساس الي قصر تانركـــا
خمسة عشر ميلا وله مرسي ومنه الي
حصن مسطاسة نصف يوم وهو لغمارة ٭
من مسطاسة الي حصن كركال خمسة
وعشر ميلا وهو ايضا لغمارة ومن حصن
كركال الي مدينة بادس مقدار نصـــف
يوم ومن مدينة بادس الي مرســـي
بونكور عشرون ميلا ومن بونكور ومدينة
بادس جبل متصل يعرف بالاجـــراف
ليس فيه مرسي ومن بونكور الي المزمة
عشرون ميلا ومن المزمة الي واد بقربها
ومنه الي طرف يعلال اثنا عشر ميــلا

وهذا الطرف يخرج في البحر كثيرا ومنه
الي مرسي كرط عشرون ميلا وبشرقي كرط
واد ياتي من جهة صاع ومن كرط الـي
طرف جون داخل في البحر عشرون ميلا
ومن كرط الي مدينة مليلة في البحر
اثنا عشر ميلا وفي البر عشرون ميلا ومن
مليلة الي مصب الوادي الذي ياتي من
اكرسيف عشرون ميلا وامام مصب هذا
الوادي جزيرة صغيرة ويقابل هذا الموضع
من البرية مدينة حراوة ومن مصب وادي
اكرسيف الي مرسي تافركنبيت علي البحر
وعليه حصن منيع صغير اربعون ميلا
ومن تافركنبيت الي حصن تابعريت
ثمانية اميال وهو حصن حصين حسن
اهل وله مرسي مقصود ومن تابعريت
الي هنين الي البحر احد عشر ميلا
ومنها الي تلمسان في البر اربعون

y este puntal entra mucho en el mar;
y de él á puerto Kerât hay veii --
millas ; y al Oriente de Kerât vie--
ne Wad de parte de Saâ ; y de
Kerât al puntal del seno que entra
en el mar habrá unas veinte millas;
y de Kerât á Medina Melila por
mar hay doce millas, y por tierra
unas veinte millas ; y de Melila á
la caida de la embocadura del rio
que viene de Acarsif habrá veinte
millas ; y delante de la embocadura de este rio hay una isla pequeña ; y delante de este sitio de Berbería Medina Geraüa ; y de la caida de Wadi-Acarsif al puerto Tafir
Kenit, que está sobre el mar y sobre él Hisn Munia Saguir quarenta
millas ; y de Tafir Kenit á Hisn
Tabeherit habrá unas ocho millas,
y es castillo hermoso y de buena
gente , y tiene un puerto muy fre-
qüentado ; y de Tabeherit á Henin
once millas por mar ; y de él á Tel-
mesân en el desierto quarenta millas,

y entre ambos está Medina Nedruma ; y de Henin sobre la costa al
puerto Alordania hay seis millas;
y de aquí á la Gezirat Alcaxcâr como ocho millas ; y de ella á Gezirat Arskûl , y tiene su puerto en
la isla , y en ella hay agua dulce
y tambien muchas cisternas para los
navegantes ; y desde la embocadura del rio hasta Hisn Aslan habrá
unas seis millas sobre mar ; y de
él al puntal, que entra en el mar,
veinte millas ; y están delante del
puntal en el mar las Geziras-alganem ; y entre Geziras-alganem y
Aslan doce millas ; y de Geziras-
alganem á Bene-Wazâr diez y siete
millas ; y Bene-Wazâr es hermoso
y fuerte castillo encima del monte
sobre el mar ; y de él á Difaly,
que es puntal que entra en el mar,
doce millas ; y de punta Difaly á
punta Alharxê doce millas; y de él
á Wahrân doce millas.

Tornemos ahora á la descripcion

ميلا وفيما بينهما مدينة تدرومة ومـن
هنين الي الساحل الي مرسي الوردانية
ستة اميال ومنه الي جزيرة الـقشقـار
ثمانية اميال ومنه الي جزيرة ارشكول
ومرساها في جزيرة فيها مياة ومواجل
كثير للمراكب ومن مصب الوادي الي
حصن اسلان ستة اميال علي البحر ومنه
الي طرف خارج في البحر عشرون ميلا
وبتقابل الطرف في البحر جزيرة الغنم
وبين جزاير الغنم واسلن اثنا عشر ميلا
ومن جزاير الغنم الي بني وزار سبـعـة
عشر ميلا وبني وزار حصن منيع حسن
في جبل علي البحر ومنه الي الدفالي
وهو طرف خارج في البحر اثنا عشر ميلا
ومن طرف الدفالي الي طرف الحرشا أثنا
عشر ميلا ومنه الي وهران اثنا عشر ميلا
ولنرجع الان الـي نذكر الانـدلـس

فنقول اما الاندلس في ذاتها فشكل
مثلث يحيط بها البحر المظلم وشمالها
يحيط به بحر الانقليسيين من الروم
والاندلس طولها من كنيسة الغراب التي
علي البحر المظلم الي الجبل المسمي
بهيكل الزهرة الفا ميل وماية ميل
وعرضها من كنيسة سنت ياقوب التي علي
انف بحر الانقليسيين الي مدينة المرية
التي علي بحر الشام ستماية ميل
وجزيرة الاندلس مقسومة من وسطها
في الطول بجبل طويل يسمي الشارات
وفي جنوب هذا الجبل تاتي مدينة
طليطلة ومدينة طليطلة مركز لجميع بلاد
الاندلس وذلك ان منها الي مدينة قرطبة
بين غرب وجنوب تسع مراحل ومنها
الي لشبونة غربا تسع مراحل ومن
طليطلة الي سنت ياقوب علي بحر

de España: decimos que Alandalus en
su extension es de figura triangular, y
está rodeada por el mar occidental, y
por el Norte está cercada por Bahr
Alanklisin, que dicen los Romanos y
Andaluces: su longitud desde Kenisat
Algorab, que está sobre el mar occidental, hasta el monte llamado Heical
Alzahira , mil y cien millas ; y su latitud desde Kenisat Sant-Jacûb, que
está á la punta del mar Alanklisin
hasta ciudad de Almería, que está sobre mar de Xâm, seiscientas millas ; y
la Gezirat Andalus está cortada por
en medio á lo largo por un dilatado
monte llamado Alsharat, y en la parte
meridional viene este monte hasta la
ciudad de Tolaitola; y Medina Tolaitola es centro de todas las provincias
del Andalus, de tal suerte , que desde ella á Medina Corteva entre Occidente y Mediodia nueve jornadas ; y
desde la misma á Lisbona al Occidente nueve jornadas ; y de Tolaitola
á Sant-Jacûb, que está sobre el mar

Alanklisin, hay nueve jornadas; y de la misma á Gaca hácia el Oriente nueve jornadas; y de la misma á Medina Valensia entre Oriente y Mediodia nueve jornadas; y de la misma tambien á Medina Almería sobre el mar de Xâm nueve jornadas: y la ciudad Tolaitola fué en tiempo de los Romanos la ciudad del Rey, y morada de sus Prefectos; y en ella se encontró la mesa de Soliman alei salam, y muchos otros tesoros que no se pueden contar.

La banda de allá del monte llámado Alsharrât por la parte del Mediodia es llamada Esbania, y la que está de acá del monte en la parte del Norte se llama Castêlla: y ahora principiaremos de ella por un clima marítimo, que es el clima que principia del mar occidental, y sigue hasta el mar de Xâm: y en él las poblaciones de Gezira Tarif, y Gezira Alchadra, y Gezira Cades, y Hisn-Arcos, y Beca, y Xerîs, y Taxêna, y Medina

الانقلبسبيين تسع مراحل ومنها الـــي
جاقة شرقا تسع مراحل ومنها الي مدينة
بلنسبة بين شرق وجنوب تسع مراحل
ومنها ايضا الي مدينة المرية عـــلـــي
البحر الشامي تسع مراحل ومدينـــة
طليطلة كانت في ايام الروم مدينـــة
الملك ومدارا لولاتها وبها وجدت مايدة
سليمن عليه السلام مع جملة نخـــايـــر
يطول ذكرها ﴿٭﴾

وما خلق الجبل المسمي بالشارات
في جهة الجنوب يسمي اشبانيا وما خلق
الجبل في جهة الشمال يسمي قشتالة
ولنبزي الان منها باقليم البحيرة وهو اقليم
مبدوة من البحر المظلم ويمر مع البحر
الشامي وفيه من البلاد جزيرة طريـــق
والجزيرة الخضرا وجزيرة قادس وحصن
اركش وبكة وشريش وطشانة ومدينة

ابن السلام وحصون كثيرة كالمدن ويتلوه
اقليم شذونة وهو من اكليم البعيرة
شمالا وفيه من المدن مدينة اشبيلية
ومدينة قرمونة وعلشانة وحصون كثيرة
ويتلوه اقليم الشرف وهو ما بين اشبيلية
ولبلة والبحر المظلم وفيه من المعاقل
حصن القصر ومدينة لبلة وولبة وجزيرة
شلطيش وجبل العيون ثم يليها اقليم
الكنبانية وفيه من المدن قرطبة والزهرا
واسعة وبيانة وقبرة والبشانة ويلي
اقليم الكنبانية اقليم اشونة وفيه
حصون عامرة كالمدن مثل لورة واشونة
وهو اقليم صغير ويليه مع الجنوب
اقليم ربة وفيه من المدن مدينة مالقة
وارشذونة ومرتلة وبيستر وبشكصار
وغير هذه من الحصون ويتلوه هذا الاقليم
اقليم البشارات وفيه من المدن جيان

Aben Salama, y muchos fuertes como ciudades : alinda el clima Xedû-
na, y es del clima Albuhiret por el
Norte; y en él entre otras ciudades
Medina Esbilia, y Medina Carmû-
na, y Alxêna, y muchos castillos;
y alinda el clima Alxarf, y es lo
que hay entre Esbilia y Libla y el
mar Océano; y en él el Miakel Hisn-
Alcazâr, y Medina Libla y Welba,
y Gezira Saltix, y Gebal-Oyûn : luego alinda el clima Cambania, y en
él entre otras ciudades Corteva, y
Alzahra, y Exigha, y Biana, y Cabra, y Alixêna ; y alinda el clima
de Cambania con clima de Oxûna;
y en él castillos edificados como ciudades, como Lôra y Oxûna ; y es
clima pequeño, y alinda por el Mediodia con el clima Riat; y en él entre otras ciudades Medina Malca, y
Arxidûna, y Mortela, y Beister,
y Beskezar; y sin estas otros fuertes; y alinda este clima con el clima
Albuxarât, y en él la ciudad Giên

llena de fuentes y muchas alquerías;
cuéntanse hasta seiscientas alquerías,
y se hallan muchas fuentes.

Luego el clima Begâya, y en él
las ciudades de Almería y Bergha, y
muchos castillos; y de él Marxêna,
y Burxêna, y Tueghela, y Bélis, y
alinda por parte de Mediodia el clima Elvira; y en él las ciudades Garnata, y Wadi-Ax, y Almonkeb, y
fuertes y muchas alquerías, de las
quales diremos despues. Síguese la region Tadmir, y en ella las ciudades
Mursia, y Auriola, y Cartaghêna, y
Lûrca, y Mûla, y Hangebala, y sigue
cerca Cuteka, y en ella Auriola, y
Elx, y Lecant, y Cuteka, y Xecura;
y sigue el clima Argîra; y en él los
Veledes de Xâteba, y Xûcra, y Denia, y en él muchos castillos; y alinda el clima Murbeter; y en él los Veledes Valensia, y Murbeter, y Buriena, y muchos castillos; y alinda á lo
interior el clima Alcarâtam, y en él
los Veledes Alcanit, y Sant-María,

وجملة حصون وقرى كثيرة تشق علي ست
مايـة قرية يتنفـذ بها الحريرﻫ

ثم اقليم بجـايـة وفيه من المدن المربة
وبرجـة وحصون كثيرة منها مـرشـانـة
وبرشانة وطوجالة وبالس ويتلوه في جهة
الجنوب اقليم البيرة وفيه من المـدن
غرناطة ووادي اش والمنكب وحصون
وقرى كثيرة وسمناتي بها بعد ثم كورة
تدمير وفيها من المدن مرسية واوريولة
وقرطاجنة ولورقة ومولة وحنجيـالـة
ويتصل بقرب قوتكة وفيها اوريـولـة
والش ولقنت وقوتكة وشقورة ويلبيـة
اقليم ارغيرة وفيه من البلاد شاطبة وشقر
ودانية وفيه حصون كثيرة ويلبية اقلـيـم
مربيطر وفيه مـن البلاد بلنسية ومرباطر
وبريانة وحصون كثيرة ويلبيه مع الجوف
اقليم القراطم وفيه من البلاد القنت وشنت

مرية المنسوبة لابن رزين ويتصل بـــم
اقليم الولجة وفيه من البلاد سرية ومية
وقلعة رباح ويلي هذا الاقليم اقليم البلالطة
وفيه حصون كثيرة منها ومن أكبرها
بطروس وغافق وحصن ابن هرون وغيرها
دونها في الكبر ويلي هذا الاقليـــم
غربا قليم الفغر وفيه من البلاد سنـــت
مرية ومارتلة وشلب وحصون كثيرة وقرجي
ويلي هذا الاقليم القصر المنسوب لابن
ابي دانس وفيه يابورة وبطليوس وشريشة
ومارديذة وقنطرة السيف وقوربة ويـــلـــيـــة
اقليم البلاد وفيه مدينة البلاط ومدليـــن
ويلي هذا الاقليم بلاطة وفيه شنشريـــن
ولشبونة وشنترة ويليه اقليم الشارات وفيه
طلبيرة وطليطلة ومجليط والقهمبيين ووادي
الحجـــارة واقليش ووابذة وبليه ايضـــا
اقليم ارليط وفيه من البلاد قلعة ايـــوب

llamada de Aben Razin ; y sigue el
clima Alwlgha, y en él los Veledes Seria, y Meya, y Calat-Rabâh;
y se junta este clima al clima Albilalta, y en él muchos castillos; y de
ellos los mayores Betrûs, y Gafîk,
y Hisn-Aben Harôn, y fuera de este
otros menores; y alinda este clima
al Occidente con clima Alfegar, y
en él los Veledes Sant-María, y Mertela, y Xêlb, y muchos castillos y
alquerías; y sigue á este el clima Alcazar, llamado de Aben Abi-Dânes;
y en él Jâbora, y Batalyos, y Xerixa, y Mérida, y Cantarat-al Seif,
y Coria; y sigue el clima Albelat,
y en él Medinat Albelad, y Medelin; y sigue á este clima Belata,
y en él Xenxerin, y Lisbona, y
Xintera; y sigue el clima Alxer-
rât; y en él Talbîra, y Tolaitola,
y Maglit, y Alcahemin, y Wadilhigiara, y Eclis, y Weydha;
y alinda tambien el clima Arlit,
y en él los Veledes Calat-Ayûb,

y Calat Darûca , y Medina Sara-
costa , y Wexca , y Tutila : luego
sigue el clima Alzeitûn , y en él
Gaca, y Lerda , y Maknesa, y Afraga ; y sigue el clima Albertêt , y
en él Tartûxa, y Tarkûna , y Barxelûna ; y alinda este clima al Occidente con el clima Marmarbara , y
en él castillos defendidos, y hácia el
mar Hisn Taxker , y Kestaly , y
Kennada.

Todos estos son los climas de Esbania , llamada propiamente Andalus ; y Gezira Tarif, la qual está sobre el Bahr-Alxâmy , que en la primera partida fué llamado Alzakak,
y llega su parte occidental al mar
Océano , es ciudad pequeña , y delante de ella hay dos islas , ambas
llamadas Alcantir , y ambas cercanas de tierra ; y de Gezira Tarif á
Gezirat Alchadra diez y ocho millas ; y sale de Algezira á Wadil-
nasâ , y es rio corriente ; y de él

وقلعة دروقة ومدينة سرقسطة ووشـقـة
وتطبلة ثم يليه اقليم الزيتون وفيه جـاقة
ولاردة ومكناسة وافراغة وبليه اقليـم
البرتقات وفيه طرطوشة وطركونة وبرشلونة
ويلي هذا الاقليم غربا اقليم مرمرجـرة
وفيه حصون خالبة مما يلي البــحـر
حصن طشكر وكشطالي وكنىرة ٭
فهذه كلها اقاليم اشبانية المسمـــي
جملتها الاندلس فاما جـزيـرة طـريـق
فهي علي البحر الشـامـني في اول
المجـاز المسمي بالزقاق ويـتـصـل
غربيها ببحر الظلمة وهي مدينة صغيرة
وامامها جـزيرتـان تسمي احدأهمـا
القنتير وهما علي مقربة من البــر ومن
جزيرة طريق الي الجزيرة الـخـضـرا
ثمانية عشر ميلا تخرج من الجزيرة الي
وادي النسا وهو نهر جار ومنـه الـــي

الجزيرة الخضرا وبشقها نهر يسمي نهر
العسل وهو حلو ومنه شرب اهل المدينة
والجزيرة الخضرا اول مدينة افتتحت
من الاندلس في صدر الاسلام وذلك في
سنة تسعين من الهجرة وافتتحها موسي
بن نصير من قبل السروانيين ومعه طارق
بن عبد الله بن ونمو الزناتي ومعه
قبايل البربر فكانت هذه الجزيرة اول
مدينة افتتحت في ذلك الوقت وبها
علي باب البحر مسجد يسمي بمسجد
الرايات ويقال ان هناك اجتمعت رايات
القوم للراي وكان وصولهم اليها من جبل
طارق وانما سمي بجبل طارق لان طارق
بن عبد الله بن ونمو الزناتي لما جاز بمن
معه من البرابر وتحصنوا بهذا الجبل
احس في نفسه ان العرب لا تثق
به فازاد ان يزيح ذلك عنه فامر باحراق

á Algezirat Alchadra riega el rio llamado Nahr-Alaseli, y es dulce, y
de él bebe la gente de la ciudad y
de Algezirat Alchadra ; la primera
que se conquistó del Andalus en el
principio del Islam, y esto en el año
noventa de la Hegira, y la conquistó
Muza Ben Nasir de la tribu Merûan,
y con él Tarik Ben Abd-Allah Ben
Wnmu Alzenety, y con él tribus
·de Albarbar ; y fué esta Algezira
la primer ciudad que se entregó en
aquel tiempo ; y en ella sobre la
puerta del mar Mesguida, llamada
Mesguida Arrayêt; y se cuenta que
aquí congregó las banderas del pueblo á consejo, y viniéron allí desde
Gebal-Tarik ; y que se llamó Gebal-Tarik porque Tarik Ben Abd-
Allah Ben Wnmu Alzenety quando
pasó con los que venian con él de Albarbar, y se fortificáron en este monte, pensó en su ánimo que los Arabes no confiarian en él, y para que
no se desechara su consejo, mandó

quemar las naves en que habian pasado, previniendo de esta manera sus
intenciones; y entre este monte y
Gezirat Alchadra hay seis millas, y
es monte escarpado por las eminen-
cias que le rodean, en las honduras
á la parte del mar hay una cueva, y
en ella agua destilada y corriente; y
en cercanía de ella hay un puerto
conocido por Mersa-Alsagra.

Y de Algezirat Alchadra á Medina Malca cinco jornadas cortas; la
jornada es cien millas; y de Algezirat Alchadra á Esbilia hay dos caminos, camino por agua y camino
por tierra, y camino por agua desde Algezirat Alchadra hasta Aramla
por el mar hasta la caida de Nahr-
Barbêt veinte y ocho millas; y desde allí á la caida de Nahr-Beka seis
millas; luego á las angosturas que

المراكب التي جاءت فيها فتبرا بذلك
عماءاتهم به وبين هذا الجبل والجزيرة
الخضرا ستة اميال وهو جبل منقطع
عن الجبال مستدير في اسفله من
ناحية البحر كهوف وفيها مياة قاطرة
جارية وبمقربة منه مرسي يعرف
بمرسي الشجرة ٭

ومن الجزيرة الخضرا الي اشبيلية
خمسة ايام وكذلك من الجزيرة
الخضرا الي مدينة مالقة خمس
مراحل خفاف وهي مسايرة ميبل ومن
الجزيرة الخضرا الي اشبيلية طريقان
طريق في الما وطريق في البر فاما
طريق الما فمن الجزيرة الخضرا الـي
الرمال في البحر الي موقع نهر برباط
ثمانية وعشرون ميلا ثم الي موقع
نهر بكة ستة اميال ثم الي الحلق المسمي

سنت بيطر اثنا عشر ميلا ثم الي القناطر
وهي تقابل جزيرة قادس اثنا عشر ميلا
وبينهما مجاز سعته ستة اميال ومن
القناطر الي رابطة روطة ثمانية اميال ثم
الي المساجد ستة اميال ثم تصعد في
النهر الي مرسي طريشانة الي العطوف
الي قبتور الي قبطال وقبتور وقبطال
قريتان في وسط النهر ثم الي جزيرة
بينشتنالة ثم الي الحصن الزاهر الي
مدينة اشبيلية فذلك من البحر الي
مدينة اشبيلية ستون ميلا واما طريق
البر فالطريق من الجزيرة الي الرتبة
الي ذهر برباط الي قرية نبسانة ومنها الي
مدينة ابن السليم الي جبل منت ثم الي
قرية عسلوكة وبها المنزل ثم الي المدابن
الي ديرة الجمالة وبها المنزل ثم الي
اشبيلية مرحلة ❊

llaman Sant Beter doce millas; luégo
á las Alcántaras, que están antes de
Gezira Cadês, doce millas; y entre
ambas la distancia de seis millas; y
de las Alcántaras á Râbeta Rûta ocho
millas; luego á Almesguid seis millas; y desde allí se sube por el rió
al puerto Tarbixêna, al Otôf; al
Cabtôr, al Cabtâl; y Cábtôr y Cabtâl son dos alquerías en medio del
rio: de allí á Gezirat Instêlat, despues á Hisn Alzahra, á Medina Esbilia; y él del mar á Medina Esbilia sesenta millas: por el camino de
tierra, el camino de Algezira á Ar-
retba, al rio Barbêt; á la alquería
Nixêna; y de ella á Medina Ben
Selim, á Gebal-mont; de allí á la
alquería Asluca, y en ella posada;
luego á Almudein, á Deirat-al Ge-
mala, y en ella posada; de allí á Esbilia una jornada.

Esbilia sobre Nahr-Alkibir, que es el rio de Corteba; y Medina Libla es ciudad hermosa y muy antigua, y en la parte oriental de ella el rio que viene de la parte del monte, y se pasa sobre él en puente á Libla; y entre Medina Libla y el mar Océano seis millas, y aquí está Medina Wlba, y está á lo largo de la isla Saltix, que es isla extensa algo mas de milla, y la ciudad de ella á la parte meridional, y aquí un brazo de mar llega á la caida del rio Libla, y se va extendiendo hasta ser aquí de mas de una milla: y desde aquí no se cesa de subir en él con barcos hasta que se estrecha aquel brazo, y llega á ser la extension del rio como medio tiro de piedra; y sale el rio de la hondura del monte, en cuya cumbre está la ciudad Wlba, y de aquí pasa el camino á Libla; y de Medina Saltix á Gezira Cadés cien millas.

واشبيلية علي النهر الكبير وهــو
نهر قرطبة ومدينة لبلــة مـدينـــة
حسنة أزلية ودشرقبها نهر يأتيهـا
من خاحية الجبل ويهات عليــة قـــي
قنطرة الي لبلة وبين مدينة لبلة والبحر
المحيط ستة اميال وهناك مدينة ولبة
وهي مطلة علي جزيرة شلطيش وهـي
جزيرة طولها نحو من ميـــل وزأيـد
والمدينة منها في جهة الجنوب وهناك
نراع من البحر يتصل به موقع نهر لبلة
ويتسع حتي يكون هناك ازيد من ميل
ثم لا يزال التصعود فيه فتي المراكب الي ان
يضيق ذلك الذراع حتي يكون سعة النهر
وحدة مقدار نصف رمية حجر ويخرج
النهر من اسفل جبل عليه مدينة ولبة ومن
هناك يتصل الطريق الي لبلة ومن مدينة
شلطيش الي جزيرة قادس مابة ميل ۞

ومن جزيرة قادس المتقدم ذكرها
للي جزيرة طريق ثلثة وستون ميلا ومن
جزيرة شلطيش مع البحر مارا في جهة
الشمال الي حصن قسطلة علي البحر
ثمانية عشر ميلا وبينهما موقع نهر يانة
وهو نهر ماردة وبطليوس وعليه حصن
مارتلة المشهور بالمنعة والحصانة وحصن
قسطلة علي نهر البحر ومنه الي طبيرة
علي مقربة من البحر اربعة عشر ميلا
ومنها الي شنت مرية الغرب اثنا عشر
ميلا ومدينة شنت مرية علي معظم البحر
الاعظم وسورها يصعد ما البحر فيه اذا
كان المد ۞

ومن مدينة شنت ماربة الي مدينة
شلب ثمانية وعشرون ميلا ومن مدينة
شلب الي بطليوس ثلث مراحل وكذلك
من شلب الي حصن مارتلة اربعة ايام

De Gezira Cadés, antes referida;
hasta Gezira Tarif sesenta y tres millas ; y desde Gezira Saltix por el
mar Mara en la parte septentrional
hasta Hisn Castala sobre el mar diez
y ocho millas ; y entre ambas des-
emboca el Nahr-yána, que es el río
de Mérida y Batalyos, y sobre él
Hisn Mertola, el conocido por su
inaccesible fortaleza; y Hisn Castala
sobre entradas del mar; y de él hasta
Tabira á la cercanía del mar catorce
millas ; y de ella hasta Sant-María
de Algarb doce millas; y Medina de
Sant-María en la altura de la costa
del mar mayor, y su muro es ba-
ñado del agua del mar quando sube
la marea.

Desde la ciudad de Sant-María
á la de Xelb veinte y ocho millas;
y desde Medina Xelb hasta Batalyos tres jornadas ; y tambien desde
Xelb hasta Hisn Mertola quatro dias;

y desde Mertola hasta Hisn al-Wlba
dos jornadas cortas; y desde Medina Xelb á las angosturas del Zewyât
veinte millas; y es puerto y alquería; y de ella á Keria Xecras en cercanías del mar diez y ocho millas;
y desde allí á Tarif-alaraf, que es
punta entrante en el mar mayor, doce millas; y de allí á Kenisat Algo-
râb siete millas; y de Kenisat Al-
gorâb hasta Alcazar dos jornadas; y
tambien de Xelb á Alcazar quatro
jornadas; y Alcázar es ciudad hermosa comediada sobre la orilla del
rio llamado Xetawir, que es rio grande; suben por él barcos y muchas
naves de pasage; y entre Alcazar y
el mar veinte millas; y desde Alcazar hasta Biôra dos jornadas, y Biôra
es ciudad.

Y de Medina Biôra hasta Medina Batalyos dos jornadas al Oriente; y de Medina Batalyos á Medina

ومن مارتلة الي حصن رلبة مرحلتان
خفيفتان ومن مدينة شلب الي حلق
الزاوبة عشرون ميلا وهو مرسي وقــريـة
ومنه الي قرية شتبرش علي قرب مـن
البحر ثمانية عشر ميلا ومنه الي طرف
العزف وهو طرف خارج في البحر الاعظم
اثنا عشر ميلا ومنه الي كنيسة الـغـرب
سبعة اميال ومن كنيسة الغرب الي انقصر
مرحلتان وكذلك من شلب الي القصر
اربع مراحـل والقصر مدينة حسنـة
متوسطة علي ضفة النهر المسمي شطويه
وهو نهر كبير تبعبن فيه السفن والمراكب
السفرية كثيرا وبين القصر والبحر عشرون
ميلا ومن القصر الي بيورة مرحلتان
وبيورة مدينة ۞

ومن مدينة بيورة الي مدينة بطليوس
مرحلتان في شرق ومن مدينة

بطليوس الي مدينة اشبيلية ستة ايام
علي طريق ابن ابي خالد الي جبل
العيون الي اشبيلية ومن بطليوس الي
مدينة قرطبة علي الجادة ست مراحل
ومن بطليوس الي مدينة ماردة علي
نهر يانة شرقا ثلثون ميلا ومن مدينة
ماردة الي قنطرة السيف يومان ومن
قنطرة السيف الي مدينة قوربة مرحلتان
ومن قوربة الي قلمرية اربعة ايام ۞

ومن القصص المتقدم ذكره الي
لشبونة مرحلتان ومدينة لشبونة علي
شمال النهر المسمي تاجة وهو نهر
طليطلة وسعته امامها ستة اميال ويدخله
المد والجزر كثيرا ولشبونة علي نحر
البحر المظلم وعلي ضفة النهر من جنوبه
قبالة مدينة لشبونة حصن المعدن وسمي
بذلك لانه عند هيجان البحر يقذف

Esbilia seis dias por el camino de
Aben Abi Chalid, á Gebal-Oyûn,
á Esbilia; y de Batalyos á Medina Córteba sobre camino. derecho
seis jornadas; y desde Batalyos hasta
Medina Mérida sobre Nahr-yana al
Oriente treinta millas; y de Medina Mérida hasta Cantarát-Alseif dos
dias; y desde Medina Cantarát-Alseif hasta Medina Coria dos jornadas; y de Coria á Colimria quatro
dias.

Desde Alcazâr, ya mencionado,
hasta Lisbôna dos jornadas; y Medina Lisbôna sobre la parte septentrional del rio llamado Taga, que es
el rio de Tolaitola, y su extension
delante de ella seis millas, y entra
en el fluxo y refluxo grande; y está
Lisbôna sobre la orilla del mar Océano, y sobrè la del rio de la parte meridional delante de la ciudad Lisbôna hay un Hisn-Almaden, así llamado porque á la orilla del mar arroja

el fluxo mucho oro de Tibar en este
sitio ; y de Medina Lisbôna fué la
salida de los Almogawarines en naves al mar Océano para conocer lo
que en él hubiese; y por eso en Medina Lisbôna en el sitio cercano de
Alhama-Darab llaman por ellos la
calle de los Almogawarines hasta los
últimos tiempos.

Acaeció pues , que se juntáron
ocho varones todos primos herma-
nos , y aderezando una nave de car-
ga , previniéron en ella bastantes ali-
mentos para muchos meses , se diéron al mar á los primeros soplos del
viento oriental, y como hubiesen navegado casi once dias con felicidad,
llegáron á cierto parage de mar , cuyas aguas gruesas daban un mal olor,
muchas corrientes y obscuridad: ellos
entónces temiéron un próxîmo des-
man, y volviéron sus velas á otra mano, y surcando el mar á la banda meridional doce dias saliéron á Gezirat-
alganem , por los ganados sin cuento

بالزهب التبر هناك ومن مدينة لشبونة
كان خروج المغروربن في ركوب بحــر
الظلمات ليعرفوا ما فيه ولهـم بمدينـة
لشبونة بموضع بمقربة الــحـامــة درب
منسوب البهم يعرف بدرب المغروربن الي
اخر الابد ۞

وذلك انهم اجتمعوا ثمانيـة رجال
كلهم ابنا عم فانشوا مركبا حمــالا
وادخلوا فيه من الما والزاد ما يكفيهم
لاشهر ثم دخلوا البحر في اول التروس
الريح الشرقية فجروا بها نحو من احد
عشر يوما فوصلوا الي بحر غـلـيـظ
الموج كدر الروابج كثير التروس قليـل
الضو فايقنوا بالتلف فردوا فلاعهم فــي
البر الاخري وجروا مع البحر في ناحية
الجنوب اثني عشر يوما فخرجوا الـي
جزيرة الغنم وفيها من الغنم ما لا يباخزه

عد ولا تحصيل وهي سارحة لا راعي لها
ولا ناظر البها ۞

فقصدوا الجزيرة فنزلوا فيها فوجدوا
عين ما جاربة وعليها شجرة تـبـــن
بري فاخذوا من تلك الغنم فذبحوها
فوجدوا لحومها مرة لا يقدر احد علي
اكلها فاخذوا من جلودهـــا وساروا مع
الجنوب اثني عشر يوما الـي ان لاحت
لهم جزيرة فنظروا فيها الي عمارة وحرث
فقصدوا البها ليروا ما فيها فماكان غيبر
بعيد حتي احيط بهم في زوارق هناك
فاخذوا وحملوا في مركبـهـم الـــي
مدينة علي ضفة البحر فانزلوا بها فراوا
فيها رجالا شقرا زعرا شعورهم سبطـة
وهم طوال القدود ولنسابهم جمال عجيب۞

فاعتقلوا منها في بيت ثلثة ايام ثم
دخل عليهم في اليوم الرابع رجل يتكلم

que vagaban en rebaños á todas partes sin pastor ni persona que los cuidase.

Luego que estuviéron junto á la isla, saltáron en ella, y encontráron una fuente de agua corriente á la sombra de un árbol, especie de higuera silvestre, cogiéron algunas reses y las aderezáron; pero sus carnes amargaban, y ninguno pudo comerlas: guardáron de sus pieles, y continuáron á la parte meridional doce dias, y no lejos descubriéron una isla, y viéron en ella habitaciones y campos labrados: dirigiéronse á ella para averiguar lo que en ella hubiese; pero á poco trecho los cercó por todas partes gente armada de dardos, que los prendió y llevó en sus barcos á una ciudad que estaba sobre la costa del mar: saliéron, y viéron en ella hombres roxos de pocos pero largos cabellos, de alta estatura, y sus mugeres hermosas á maravilla.

Tuviéronlos encerrados en una casa tres dias; pero al quarto entró á ellos un hombre que hablaba la lengua árabe, y les preguntó: ¿quiénes eran, de dónde y á qué venian? Contáronle sus sucesos, y les prometió buen despacho, y les dixo que él era el Intérprete del Rey. Al segundo dia despues los presentáron al Rey, el qual les preguntó lo mismo que su Trujiman, y le respondiéron lo mismo que al Trujiman, como ellos con el gran deseo de saber lo que habria en el mar de tantas relaciones maravillosas como se refieren, habian querido llegar á sus últimas playas.

Y quando el Rey entendió esto se rió, y mandó al Trujiman que dixese á la gente, que su padre habia mandado á ciertos vasallos suyos que reconociesen este mar, y que navegáron en su extension un mes hasta que les faltó la luz, y se tornáron sin aprovechar su viage: despues mandó el Rey al Trujiman que ofreciese á aquella gente seguridad y bien de su parte, para que formasen buena opinion del Rey y de sus obras.

باللسان العربي ثم سالهم عن حــالهم
وفيما جاووا واين بلدهم فاخبروه بكل
خبرهم فوعدهم خيرا واعلمـهـم اذــة
ترجمان الملك فلما كان في اليوم
الثاني من ذلك اليوم احضروا بين يدي
الملك فسالهم ما سالهم الترجمان عنة
فاخبروه بما اخبروا به الترجمان بالامس
من انهم اقتحموا البحر ليروا ما بـة
من الاحبار والعجايب ويقفوا عـلي
نهايته ﷺ

فلما علم الملك ذلك ضحك وقال
للترجمان اخبر القوم ان ابي امر قوما
من عبيده بركوب هذا البحر وانهم جروا
في عرضة شهرا الي ان انقطع عنهم الضو
وانصرفوا من غير حاجة ولا فايدة تجري
ثم امر الملك للترجمان ان يبعد القوم
خيرا وان يحسن ظنهم بالملك ففعل ﷺ

ثم صرفوا الي موضع حبسهم الـي
ان بدا جري الريح الغربية فعصر بهم
نرورق وعـصبت اعينهم وجري بهم في
البحر برهة من الدهر قال القوم قدرنا
انه جري بنا ثلثة ايام بلياليها حتي
جي بنا الي البر فاخرجنا وكتفنا الي
خلف وتركنا بالساحل الي ان تضا حتي
النهار وطلعت الشمس ونحن في ضنك
وسو حال من شدة الكتاف حتي سمعنا
ضوضا واصوات ناس فضجنا بحملتنـا
فاقبل القوم الينا فوجدونا بتلك الحال
السية فحلونا من وثاقنا وسـالـونـا
فاخبرناهم بخبرنا وكانوا براإبر فقال لنا
احدهم اتعلمون كم بينكم وبين بلدكم
فقلنا لا فقال ان بينكم وبين بلدكـم
مسيرة شهرين فقال نرعيم القوم ولاسفي
فسمي المكان الي اليـوم اسـفـي

Esto acabado, los volviéron al en-
cierro hasta que comenzó otra vez el
viento occidental, que los sacáron los
armados, y les vendaron los ojos y los
embarcáron, y despues de tres dias y
tres noches de navegacion apacible,
como ellos contaban, nos desembar-
cáron en una playa con las manos ata-
das, y nos dexáron allí muy maltrata-
dos, hasta que al salir el sol, viéndo-
nos desamparados, nos pareció que
oíamos voces humanas, y todos gri-
tamos á una, y llegáron delante de
nosotros ciertos hombres, que vién-
donos en tan miserable estado, nos
desatáron de nuestras ligaduras, y nos
preguntáron y habláron en nuestro
lenguage, y eran bárbaros; y díxo-
nos uno de ellos: ¿sabeis quanto dis-
tais de vuestra region? y respondi-
mos, no; y nos dixo: pues entre vo-
sotros y vuestra region hay el espacio
de dos meses. Entónces el principal
de ellos dixo: ¡Wasafy! y así se llama este lugar hasta este tiempo Asafy;

y es Mersa, que es lo último de Almagreb, de que ya hicimos memoria antes de esto.

De Medina Lisbona por el rio á
Medina Sentarin al Oriente ochenta
millas, y hay camino entre ambas
para quien quiera por el rio ó por
la tierra, y entre ambas está Campo Velata; y cuentan los de Lisbona y muchos otros del Algarbe,
que el trigo se siembra en este campo, y está en la tierra quarenta dias,
y se siega, y de una medida se acre-
cienta hasta ciento; y desde Medina Sentarin á Medina Batalyos quatro jornadas, y á la derecha de su
camino Medina Eils, que está á las
faldas del monte; y de ella á Batalyos doce millas.

Y de Mérida á Hisn-Kerkua tres
jornadas; y desde Kerkua á Medina
Calaat-Rabâh á la orilla del Nahr-
yana; y de Calaat-Rabâh á la parte septentrional hasta Hisn-Albalata

وهو المرسي الذي في اقصي المغرب وقد
ذكرناه قبل هذا ﷾

ومن مدينة لشبونة مع النهر الي مدينة
شنتربين شرقا ثمانون ميلا والطـريـق
بينهما لمن شا في النهر او في البـر
وبينهما فحص بلاطة ويخبر اهل لشبونة
واكثر اهل الغرب ان الحنطة تزرع في
هذا الفحص فتقيم في الارض اربعين
يوما وتحصد وان الكيل الواحد منها
يعطي مايــة كيل ومن مدينة شنتربين
الي مدينة بطليوس اربع مراحل وعلي
يمين طريقها مدينة يلش وهي في سفح
جبل ومنها الي بطليوس اثنا عشر ميلا ﷾

ومن ماردة الي حصن كركوي ثلث
مراحل ومن كركوي الي مدينة قلعة
رباح علي ضفة نهر يانة ومن قلعة رباح
في جهة الشمال الي حصن البــلاط

مرحلتان ومن حصن البلاط الي مدينة
طلبيرة يومان وكذلك من مدينة قنطرة
السيف الي المخاضة اربعة ايام ومن
المخاضة الي طلبيرة يومان وكذلك
من مدينة قنطرة السيف الي المخاضة
اربعة ايام ومن المخاضة الي طلبيرة
يومان وكذلك من حصن مرليـــن
مرحلتان ومن حصن مرليـن الـــي
ترجالة مرحلتان خفيفتان ومدينـــة
طلبيطلة من طلبيرة شرقا وهي مدينة
عظيمة وفي الشرق من مدينة طلبيطلة الي
مدينة وادي الحجارة خمسون ميلا وهي
مرحلتان ومن مدينة وادي الحجارة
الي مدينة سالم شرقا خمسون ميلا ❁
ومنها الي مدينة شنت ماربة ابن رزين
ثلث مراحل خفاف ومنها الي القنت
اربع مراحل وبين شنت ماربة والقنت

dos jornadas ; y desde Hisn-Albalata
á Medina Talbira dos dias , y asimismo desde Medina Cantarát-Alseif á
Almachada quatro dias; y desde Almachada hasta Talbira dos dias , y lo
mismo desde Medina Cantarát-Alseif
hasta Almachada quatro dias; y desde Almachada hasta Talbira dos dias;
y de la misma manera desde Hisn-
Medelin hasta Torgiéla dos jornadas cortas ; y Medina Tolaitola de
Talbira hácia el Oriente , y es ciudad
grande ; y en el Oriente de Medina
Tolaitola hasta Medina Wadi-lhigiâra cincuenta millas, que son dos
jornadas ; y á Medina-Selim desde
Medina Wadi-lhigiâra al Oriente cincuenta millas.

Y de ella á Medina Santa María
de Aben-Razin tres jornadas cortas;
y de esta á Alcanit quatro jornadas;y entre Santa María y Alcanit

dos jornadas ; y Santa María y Alcanit dos ciudades hermosas; y de Medina-Selim hasta Medína Calat-Ayûb
cincuenta millas al Øriente ; y desde
Medina Calat-Ayûb á la parte meridional hasta Calat-Darûca diez y
ocho millas.

Y desde Darûca hasta Medina Sarcûsta cincuenta millas; y Medina Sarcûsta es Metrópoli de las ciudades de
España, y está sobre la ribera de un
gran rio llamado Ebra, que es rio
grande, y viene parte de él de Velad-Arrum, y parte de hácia los montes de Calat-Ayûb, y parte de los
términos de Calaherra; y se juntan
las corrientes de todos estos rios encima de Medina Tutíla, y luego ba-
xa á Medina Sarcûsta hasta que ter-
mina en Hisn-Chaira hasta sitio de
Nahr-Azeitun ; luego á Tartûsa, y
corta por el occidente de ella al mar.
De Medina Sarcûsta hasta Wèsca

مرحلتان وشنت ماربة والقنت مدينتان
جليلتان ومن مدينة سالم الي مدينة
قلعة ايوب خمسون ميلا شرقا ومن مدينة
قلعة ايوب في جهة الجنوب الي قلعة
دروقة ثمانية عشر ميلا ﴿ ﴾

ومن دروقة الي مدينة سرقسطة
خمسون ميلا ومدينة سرقسطة قاعدة
من قواعد مدن الاندلس وهي علي
ضفة النهر الكبير المسمي ابره وهو نهر
كبير ياتي بعضه من بلاد الروم وبعضه
من جهة جبال قلعة ايوب وبعضه من
نواحي قلهرة فتجتمع مواد هذه الانهار
كلها فوق مدينة تطيلة ثم تنصب الي
مدينة سرقسطة الي ان ينتهي الي حصن
خيرة الي موضع نهر الزيتون ثم الي
طرطوشة فيجتمان بغربيها الي البحر
ومن مدينة سرقسطة الي وشقة اربعون

ميلا ومن وشقة الي لاردة سبعون ميلا
ومن سرقسطة الي تطيلة خمسون ميلا
ومن مكناسة الي طرطوشة مرحلتان
وهما خمسون ميلا ومن طرطوشة الي موقع
النهر في البحر اثنا عشر ميلا ومــن
مدينة طرطوشة الي مدينة طركـــونة
خمسون ميلا ومدينة طركونة علي البحر
وهي مدينة اليهود ولها سور رخام ومنها
الي برشلونة في الشرق ستون ميلا ومن
مدينة طركونة غربا الي موقع نهر ابرة
اربعون ميلا وهذا الوادي هاهنا يتسع
سعة كثيرة ۞

ومن موقع النهر الي رابطة كشطالي
غربا علي البحر ستة عشر ميلا
ومنها الي حصن بنشكلة ستة اميال وهو
حصن منيع علي ضفة البحر ومن حصن
بنشكلة الي عقبة ابيشة سبعة اميال

quarenta millas ; y de Wesca hasta
Lerda setenta millas ; y de Sarcûsta
á Tutíla cincuenta millas ; y de Maknesa á Tartûsa dos jornadas, que son
cincuenta millas ; y de Tartûsa á la
caida del rio en el mar doce millas;
y de Medina Tartûsa á Medina Tarkûna cincuenta millas ; y Medina Tarkûna sobre el mar , y es ciudad de
judería, y tiene muros de mármol ; y
de ella á Barshelûna al Oriente sesenta millas ; y desde Medina Tarkûna al Occidente hasta la caida de
Nahr-Ebra quarenta millas ; y este
Wad tiene aquí mucha extension.

Y de la caida del rio hasta Rabeta
Castaly al Occidente sobre el mar
diez y seis millas ; y desde ella á
Hisn-Beniskela seis millas ; y es castillo fuerte á la orilla del mar ; y
desde Hisn-Beniskela hasta cumbre
Abixat la distancia de siete millas;

y de ella á Medina Buriena al Occidente veinte y cinco millas; y desde
Buriena á Murbeter, en que hay alquerías, edificios, arboledas bien cui-
dadas y aguas bien repartidas, veinte millas; y todas estas aldeas, huertas y arboledas estan cercanas al mar;
y de ella á Valensia al Occidente
doce millas ; y Medina Valensia es
Metrópoli de las de España, y está sobre rio corriente, cuyas aguas
se aprovechan en el regadío de los
sembrados, y en sus jardines, y en
la frescura de sus huertas y casas de
campo.

De Medina Valensia hasta Sarcûsta nueve jornadas sobre Kenteda ; y
desde Kenteda hasta Hisn-Arriâhin
dos jornadas ; y de Hisn-Arriâhin á
Alcant dos dias;y de Medina Valensia á Gezira Xucar diez y ocho millas,
y está sobre rio Xucar ; y de Gezira
Xucar á Medina Xateba doce millas:

ومنه الي مدينة بريانة غربا خمسة
وعشرون ميلا ومن بريانة الي مرباطر
وهي قري عامرة وأشجار مستقلات وميباة
متررفقة عشرون ميلا وكل هذه الضياع
والاشجار علي متقربة من البحر ومنها
الي بلنسية غربا اثنا عشر ميلا ومدينة
بلنسية قاعدة من قواعد الاندلس وهي
علي نهر جار ينتفع به ويسقي المزارع
وعليه بساتين وجنات وعمارات متصلة ٭
ومن مدينة بلنسية الي سرقسطة تسع
مراحل علي كنترة وبين بلنسية وكنترة
ثلثة ايام ومن كنترة الي حصن
الرياحين مرحلتان ومن حصن
الرياحين الي القنت يومان ومن مدينة
بلنسية الي جزيرة شقر ثمانية عشر
ميلا وهي علي نهر شقر ومن جزيرة
شقر الي مدينة شاطبة اثنا عشر ميلا

مدينة شاطبة مدينة حسنة ولها قصاب
يضرب بها المثقال في الحسن والمنعة
ويعمل بها من الكاغذ ما لا يوجد له
نظير ومن شاطبة الي دانية خمسة
وعشرون ميلا وكذلك من شاطبة الي
بلنسية اثنان وثلثون ميلا وكذلك من
بلنسية الي مدينة دانية علي البحر مع
الجون خمسة وستون ميلا ومن بلنسية
الي حصن قليرة خمسة وعشرون ميلا
ومن قليرة الي دانية اربعون ميلا وحصن
قليرة قد احدق البحر به وهو حصن
منيع علي موقع نهر شقر وفي الجنوب
منها جبل عظيم مستدير يظهر من اعلاه
جبال يابسة في البحر ويسمي هذا
الجبل جبل قاعون ۞

ومن مدينة شاطبة الي بكيران غربا
اربعون ميلا ومن مدينة دانية المتقدم

Medina Xateba es ciudad hermosa,
y tiene Alcazaba, y se bate en ella
mithkal hermosa y acendrada ; y se
hace en ella papel , que no se halla-
rá mas precioso : de Xateba á Denia
veinte y cinco millas ; y asimismo de
Xateba á Valensia treinta y dos millas ; así tambien de Valensia á Medina Denia sobre el mar por el seno
sesenta y cinco millas ; y de Valensia á Hisn-Colira veinte y cinco millas ; y de Colira á Denia quarenta
millas ; y Hisn-Colira está ya cercado por el mar , y es castillo inaccesible sobre la caida de Nahr-Xucar;
y al Mediodia de él hay un gran
monte redondo , y se descubre de
su altura Gebâl Iêbisat en el mar,
y se llama este monte Gebâl-Kâun.

De Medina Xateba hasta Bekiren al Occidente quarenta millas ; y
de Medina Dênia , antes referida,

sobre la costa hasta Medina Alcant
al Occidente sobre el mar setenta
millas ; y Alcant ciudad pequeña ; y
en cercanía de esta ciudad , y en
cercanía de ella hay una isla llamada Eblanêsa , y está sobre una milla del rio, y es buen puerto y ensenada que cubre las naves del enemigo , y está delante de la punta
Alnêdhûr ; y de Tarf Alnêdhûr á
Medina Alcant diez millas ; y de
Medina Alcant por tierra á Medina Elx una jornada corta; y de Medina Alcant á las embocaduras Bêlx
cincuenta y siete millas ; y Bêlx desde principios de sus bocas entran en
él muchos rios y naves ; y de Bêlx
á Gezirat Alfirên una milla.

Y entre esta isla y la tierra milla y media ; y desde ella hasta Tarf
al Cabtál doce millas ; y de allí á
Bortemân Alkivir , que es puerto,

ذكرها علي الساحل الي مدينة القنت
غربا علي البحر سبعون ميلا والقنت
مدينة صغيرة وبالقرب من هذه المدينة
وبالقرب منها جزيرة تسمي ابلنــاصة
وهي علي ميل من النهر وهي مرسي
حسن وهي مكمن لمراكب العدو وهي
تقابل طرف الناظور ومن طرف الناظور
الي مدينة القنت عشرة اميال ومــن
مدينة القنت في البر الي مدينة الش
مرحلة خفيفة ومن مدينة القنت الي
حلوق بالش سبعة وخمسون ميلا وبالش
مراسي افواه اودية كثيرة تدخلهــا
المراكب ومن بالش الي جزيرة الفيران
ميــل ۞

وبين هذه الجزيرة والبر ميل وذصــف
ومنها الي طرف القبطال اثنا عشر ميــلا
ومنه الي برتمان الكبير وهو مرسي

ثلثون ميلا ومنه الي قرطاجنة اثنا عشر
ميلا ومدينة قرطاجنة هي فرضة مدينة
مرسية وهي مدينة قديمة انزلية ومـن
مدينة قرطاجنة مع الساحل الي سجانة
اربعة وعشرون ميلا وهو مرسي حسـن
وعليه بقربه قري ومنه الي حصن اقلة
اثنا عشر ميلا وهو حصن صغير علـي
البحر وهو فرضة لورقة وبينهما في البر
خمسة وعشرون ميلا ومن حصن اقلة الي
وادي بيرة في قعر الجون اثنان واربعون
ميلا وعلي مصب النهر جبل كبير وعليه
حصن بيرة مطل علي البحر ومن الوادي
الي جزيرة قردنيرة اثنا عشر ميلا ثـم
الي الرصيف ستة اميال ثم الي الشامة
البيضا ثمانية اميال ثم الي طرف قابطة
ابن اسود ستة اميال ومن طرف القابطة
الي المرية اثنا عشر ميلا

treinta millas ; y de él á Cartagena
doce millas; y Medina Cartagena es
puerto de Medina Mursia , que es
ciudad antigua; y de Medina Cartagena por la costa hasta Segêna veinte
y quatro millas, y es puerto hermoso, y en sus cercanías alquerías; y de
ella á Hisn-Ecla doce millas , y es
fuerte pequeño sobre el mar , y es
puerto de Lorca; y entre ambas por
tierra veinte y cinco millas ; y de
Hisn-Ecla á Wadi-Beira por mar
quarenta y dos millas; y sobre la caida del rio hay un gran monte, y sobre él Hisn-Beira , que sobresale al
mar ; y desde Wadi á Gezira Car-
bonîra doce millas; y de allí á Ra-
síf seis millas ; de allí á Xâmet Al-
beidha ocho millas ; de allí á Tarf
Cabita Aben Aswed seis millas; y
de Tarf Cabita hasta Almeríà doce
millas.

De Medina Cartagena hasta Mursia por tierra quarenta millas; y Medina Mursia es capital de la tierra
Tadmir, y está en la llanura de la
tierra sobre Nahr-Alabiad , y sus
aguas riegan sus arrabales ; y está
sobre la ribera del rio, y se entra
en ella por puente fabricado de barcos ; y de Mursia á Medina Valensia cinco jornadas ; y de Mursia á
Almería sobre la costa cinco jorna-
nadas ; y de Mursia á Corteba diez
jornadas ; y de Mursia á Hisn-Xecura quatro jornadas ; y de Mursia
á Gingêla cincuenta millas ; y de
Gingêla hasta Cuteka dos dias.

Y de Cuteka á Kelsa tres jornadas
al Oriente; y de Kelsa á Sant-María
tres jornadas ; y lo mismo de Kelsa
á Alcant ; y de Cuteka á Wbedhe
tres jornadas ; y Wbedhe y Eclis

ومن مدينة قرطاجنة الي مرسية في
البر اربعون ميلا ومدينة مرسية قاعدة
ارض تدمير وهي في مستو من الارض
علي النهر الابيض والما يشقي ردضها وهي
علي ضفة النهر ويعار البها علي قنطرة
مصنوعة من المراكب ومن مرسية الي
مدينة بلنسية خمس مراحل ومن مرسية
الي المرية علي الساحل خمس مراحل
ومن مرسية الي قرطابة عشر مراحل ومن
مرسية الي حصن شقورة اربع مراحل
ومن مرسية الي جنجالة خمسون ميلا
ومن جنجالة الي قوتكة يومان ۞

ومن قوتكة الي قلصة ثلث مراحل
شرقا ومن قلصة الي شنت ماربة
ثلث مراحل وكزلك من قلصة الي
القنت ايضا مثل ذلك ومن قوتكة
الي وبذي ثلث مراحل ووبذي واقليش

مدينتان متوسطتان وبين وبزي واقليش
ثمانية عشر ميلا ومن اقليش الي شقورة
ثلث مراحل وحصن شقورة كالمدينة
عامر باهله في راس جبل عظيم متصل
منيع الجهة حسن البنية ويخرج من
اسفله نهران احدهما ذهر قرطبة المسمي
بالنهر الكبير والثاني هو النهر
الابيض الذي يمر بمرسية وكذلك ان
النهر الذي يمر بقرطبة يخرج من هذا
الجبل من مجتمع مياة كالغدير ظاهر
في نفس الجبل ثم يغوص تحت الجبل
ويخرج من مكان في اسفل الجبل
ويتصل جريه غربا الي جبل نجدة الي
غاسرة الي قرب مدينة ابرة الي اسفل
مدينة بياسة الي حصن اندوجر الي
القصير الي قنطرة اشتنسان الي قرطبة
الي حصن المدور الي حصن الجرف

son dos ciudades medianas ; y entre Wbedhe y Eclis hay la distancia de diez y ocho millas ; y de
Eclis hasta Xecura tres jornadas ; y
Hisn-Xecura como una ciudad edi-
ficada por sus moradores sobre la
cumbre de un monte grande que la
hace inaccesible , de buena y hermosa fábrica ; y salen de su falda
dos rios, que el uno de ellos es el de
Corteba , el llamado Nahr-Alkivir,
y el otro, que es Nahr-Alabiad, que
pasa por Mursia ; de manera , que
el rio que va por Corteba sale de
este monte de una junta de aguas,
que como una laguna clara hay en
el corazon del monte , y desciende á la raiz de él , y sale del sitio
profundo de la montaña , y va cor-
riendo al Occidente á monte Nagida , á Gadira , y cerca de Medina
Ebda , y á las llanuras de Medina
Biêsa á Hisn-Andughar , á Alcozir,
á Cantarat-Extesân , á Corteba , á
Hisn-Almodôvar , á Hisn-Algarf,

á Hisn-Lora, á Hisn-Alcolia, á Hisn-
Catinêna, á Alzerêda, á Esbilia, á
Cabtâl, á Cabtûr, á Torvixêna, á
Mesguida, al mar Océano.

Tambien Nahr-Alabiad, que es
el rio de Mursia, saliendo de la raiz
del monte se divide en dos brazos;
uno de ellos el rio de Corteba, y
el rio de Mursia; y va el rio de Mursia de la fuente de Mediodia á Hosain Alfered, luego á Hisn-Mula,
despues á Mursia, á Auriola, á Al-
modowar, al mar: y de Xecura á
Medina Serta dos jornadas; y en
cercanías de ella Hisn-Cana; y de
Hisn-Cana á Tolaitola hay dos jornadas: y quien quisiere de Mursia
á Almería, caminará de Mursia á
Cantarat-Axkeya, á Hisn-Liberila,
á Hisn-Alhama, á Medina Lorca; y desde Hisn-Lorca á Mursia

الي حصن لورة الي حصن القلبعة الي
حصن قطبينانة الي الزرادة الي اشبيلية
الي قبطال الي قبتور الي طربشانة الي
المساجد الي بحر الظلمات ۞

وامـا النهر الابيض الذي هو نهر مرسية
فانه يخرج من اصل الجبل ويحكي ان
اصلهما واحد اعني نهر قرطبة ونهـر
مرسية ثم يمر نهر مرسية في عيــن
الجنوب الي حصبين الفرد ثم الي حصن
مولة ثم الي مرسية الي اوربولة الي المدور
الي البحر ومن شقورة الي مدينة سرتة
مرحلتان وبمقربة منها حصن قنة ومن
حصن قنة الي طليطلة مرحلتان ومـن
اراد من مرسية الي المربة سار مـن
مرسية الي قنطرة اشكابة الي حصن
لبرالة الي حصن العامة الي مدينـة
لورقة ومن حصن لورقة الـي مرسيبـة

اربعون ميلا ثم من لورقة الي ابار الرتبة
الي حصن بيرة مرحلة ۞

ومن هذا الحصن الي عقبة شقر وهي
احد لا يقدر السر في صعبة عقبة علي
جوازها راكبا وانما ياخذها الركبان
رجاله ومن العقبة الي الرابطة مرحلة
وليس هناك حصن ولا قرية وانما فيـه
قصر فيه قوم حارس للطريق ومن هزه
الرابطة الي المرية مرحلة خفيـفـة
وللمرية منابر منها برجة ودلاية وبيـن
المرية وبرجة مرحلة كبيرة وبين برجة
ودلاية نحو من ثمانية اميال ومن المرية
لمن اراد مالقة طريقان طريق في البر
وهو نغليق وهو سبعة ايام والطـريـق
الاخر في البعر وهو ماية وثمانون ميلا
وذلك انك تخرج من المرية الي قرية
البنجاس علي البعر ستة اميال ۞

quarenta millas : luego de Lorca á
Aber-Artebat , á Hisn-Beira una jornada.

Y desde este fuerte á monte de
Xucar , que es aspereza tan escarpada
que no puede nadie pasarle á caballo , y si se ha de pasar ha de ser
con caballería de aquella gente ; y
del monte hasta Arrabata una jornada , y no hay aquí castillo ni alquería ; y quando se encuentra en
él Alcazar la gente guarda el camino ; de esta Arrabata hasta Almería una jornada corta : y en Almería
Menâber de ella á Bergha y Dâlia ; y entre Almería y Bergha una
jornada grande ; y entre Bergha y
Dâlia casi ocho millas ; y desde Almería quien quisiere ir á Malca hay
dos caminos ; camino por tierra , que
es quebrado , y como de siete dias,
y otro camino por mar , que es de
ciento y ochenta millas : y quando
se sale de Almería para Caria-lbenegâs por el mar seis millas.

Y de Caria-lbenegâs sigue el camino por tierra á Bergha y Dâlia ; y
desde Cária-lbenegâs al otro seno , y
sobre él una torre labrada de piedra
en disposicion de encender fuego en
ella para descubrir al enemigo en el
mar seis millas ; y de esta punta
hasta Mersa-lnefira veinte y dos mi-
-llas; y de allí á Gariat-Adra sobre
el mar doce millas ; y de Adra hasta
Caria Belisêna veinte millas; y de
ella á Mersa-lferrug doce millas , y
este puerto es como un lago pequeño; ý de él á Caria Beterna seis
millas ; y de ella á Caria Xelûbênia doce millas.

Y de Xelûbênia á Medinat-Almenkeb sobre el mar ocho millas;
y de Medinat-Almenkeb á Garnata
por tierra quarenta millas; y de Almenkeb por mar hasta Caria Xât

ومن قرية البنجاس يمر الطريـق
قي البر الي برجة ودلاية ومن قريـة
البنجاس الي اخر الحصـون وعلـيــه
برج مبني بالحجـارة مصنوع لوقيـد
النار فيه عند ظهور العدو في البحـر
ستة اميال ومن هذا الطرف الي مرسي
النفيرة اثنان وعشرون ميلا ومنه الـي
قرية عذرة علي البحر اثنا عشر ميلا
ومن عذرة الي قرية بليسانة عشـرون
ميلا ومنها الي مرسي الفروج اثنا عشر
ميلا وهو مرسي كالحوض صغير ومنه
الي قرية بطرنة ستة اميال ومنها الـي
قرية شلوبانية اثنا عشر ميـلا ۞

ومن شلوبانية الي مدينة المنكب
علي البحر ثمانية اميال ومن مدينة
المنكب في البر الي غرناطة اربعون ميلا
ومن المنكب علي البحر الي قرية شاطا
F 2

اثنا عشر ميلا ومن قرية شاط الي قرية
طرش علي ضفة البحر اثنا عشر ميـلا
ومنها الي قصبة مربية بلش اثنا عشر
ميلا ومن مربة بلش الي قرية الصبيـرة
ولها طرف يدخل في البحر سبعة اميال
ومن طرف قرية الصبيرة الي قرية جزليبانة
سبعة اميال ومن جزليبانة الي مدينـة
مالقة ثمانية أميال ۞

ولنرجع الان الي ذكر مديـنـة
المرية فنقول ان الطريق من مديـنـة
الي غرناطة البيرة فمن اراد ذلك خرج
من المرية الي مدينة بجانة ستة اميال
ومدينة بجانة كانت المدينة المشهورة
قبل المرية فانتقل اهلها الي المريـة
فعمرت وخربت بجانة وعلـي يميـن
بجانة وعلي ستة اميال منها حصـن
الحمة ومن قرية بجانة الي قرية بني

doce millas ; y de Caria Xât orilla
del mar á Caria Tarx doce millas;
y de ella á Casbe-Meria Belx doce
millas ; y de Meria-Belx á Caria-
lsaira ; y cerca de ella hay un puntal que entra en el mar siete millas;
y de Tarf Caria-lsaira á Caria Bezliêna siete millas ; y de Bezliêna á
Medina Malca ocho millas.

Y ahora tornemos á la descripcion de Medina Almería, y decimos, que el camino de Medina para Garnata-Albira, quien quiera, saliendo de Almería á Medina Beghêna seis millas ; y Medina Beghêna
fué ciudad ilustre antes que Almería, y se mudáron los moradores de
ella á Almería, y la edificáron ar-
ruinando á Beghêna ; y sobre la
derecha de Beghêna, y sobre seis
millas de ella Hisn-Alhama ; y de
Caria Beghêna á Caria Bene-Abdûs

seis millas ; y de ella á Hisn-Mendu-
ghar seis millas ; y de ella á Hisn-
Burxêna , que está sobre la junta de
los rios ; y de ella á Caria-Vele-
zûdz ; luego á Hisn-Alcazer , que
es castillo muy fuerte sobre la boca
angosta del rio , y no se puede pasar sino por debaxo de este castillo;
y de él á Chandik Cabir , luego á
Artebat.

Desde allí á Cariat Obila , y en
ella posada ; y de Cariat Obila á
Hisn-Fiñâna ; luego á Caria Sansal;
luego al principio de la vega de Obila , y por la parte septentrional se
pasa por Gebal-Xalîr de la Nieve , y
en las faldas de este monte hay muchos castillos ; uno de ellos Hisn-Fa-
rira, del que toman nombre las nue-
ces ; y desde el fin de la vega de
Obila á Chandik-Wês ; de allí á
Medina Wadi-Ax; y de ella á Caria Daxma , y en ella Menzil ; y
de ella al Artebat ; de allí á Cariat-

عبدوس ستة أميال ومنها الي حصـــن
مندروجر ستة أميال ومنها الي حصـــن
برشانة وهو علي مجتمع النهرين ومنها
الي قرية بلذون ثم الي حصن القصير وهو
حصن منيع جدا علي فم مضيق فـي
الوادي وليس لاحد جواز الا باسفل هذا
الحصن ومنه الي خندق قبير ثم الـي
الرتبة 🌸

ثم الي قرية عبلة وبها المنزل ومن
قرية عبلة الي حصن فينانة ثم الي قرية
صنصل ثم الي اول فحص عبلة وعن شمال
المار جبل شلير الثلج وفي حضيـض
هذا الجبل حصون كثيرة منها حصـــن
فريرة وينسب اليها الجون ومن اخـر
فحص عبلة الي خندق واس ثم الـي
مدينة وادي اش ومنها الي قرية دشمة
وبها المنزل ومنها الي الرتبة ثم الي قرية

اقر افرغدة ثم الي قرية واد وهي قري
متصلة ومنها الي مدينة غرناطة ثمانية
اميال ومدينة وادي اش رصيف يجتمع
به طرق كثيرة فمن اراد منها مدينة
بسطة خرج من وادي اش الي جبـــل
عاصم ثم الي قرية بورا الي مديـنـة
بسطة وبينهما ثلثون ميلا ۞
وكزلك من وادي اش الي جيان
مرحلتان كبيرتان ومن مدينة بسطة
الي جيان ثلث مراحل خفـاف ومن
مدينة جيان الي مدينة بياسة عشرون
ميلا وبياسة تظهر من جيان وجـيـان
تظهر من بياسة ومنها الي مدينة أبرة
في جهة الشرق سبعة اميال وفبما بين
مدينة جيان وبسطة ووادي اش حصون
كثيرة عامرة ممدينة اهلة لهـا خصب
وغلل خافقة كثيرة فمن نلك ان بشرقي

Afarfiranda ; de allí á Caria-Wad,
que son unas alquerías unidas ; y de
ella á Medina-Garnata ocho millas;
y Medina Wadi-Ax es sitio en donde se juntan muchos caminos ; y
quien quiera ir de ella á Medina Basta saldra de Wadi-Ax á monte Aasim; de allí á Caria Bûra, a Medina
Basta, y entre ambas treinta millas.

Y tambien de Wadi-Ax á Giên
dos jornadas grandes ; y de Medina
Basta á Giên tres jornadas cortas;
y de Medina Giên á Medina Biêsa
veinte millas, y Biêsa se descubre
desde Giên, y Giên se descubre de
Biesa ; y de ella á Medina Ebda á
la parte oriental siete millas, y en lo
que hay entre Medina Giên y Basta
y Wadi-Ax muchos castillos poblados por la gente de las ciudades, y
en ella ferias de frutos y bestias en
abundancia ; y á la parte oriental

de Giên delante de Biêsa háy un
gran fuerte llamado Xuedhar , y de
él toma el nombre el Chalat Xued-
hari ; y de él por la banda oriental á
Hisn-Tuna doce millas ; y de aquí
á Hisn-Kixâta , que es un fuerte como una ciudad , y sobre él un monte , en el qual se corta madera , de
que se labran tazas , y este monte
llega á Baseta ; y entre Giên y este
fuerte dos jornadas ; y de él á Wadi-Ax dos jornadas ; y de él á Garnata dos jornadas ; y de Wadi-Ax,
antes referido , á Garnata quarenta
millas ; y de Garnata á Medina Almenkeb por tierra quarenta millas;
y de Garnata á Medina Lôxa por el
corriente del rio quarenta y cinco
millas.

Y de Almenkeb á Medina Almería cien millas por mar ; y desde Almenkeb. hasta Medina Malca hay ochenta millas ; y de Malca

جيان وقبالة بياسة حصن عظيم يسمي
شودر واليه ينسب الخلاط الشودري ومنه
في الشرق الي حصن طونة اثنا عشر
ميلا ومنه الي حصن قبشاطة وهو حصن
كالمدينة وعليه جبل يقطع به من
الخشب الذي تنخرط منه القصاع وهذا
الجبل يتصل ببسطة وبين جيان وهذا
الحصن مرحلتان ومنه الي وادي اش
مرحلتان ومنه الي غرناطة مرحلتان
ومن وادي اش المتقدم ذكرها الـــي
غرناطة اربعون ميلا ومن غرناطة الـي
مدينة المنكب علي البر اربعون ميـلا
ومن غرناطة الي مدينة لوشة مع جريـة
النهر خمسة وعشرون ميلا 🌼

ومن المنكب الي مدينة المرية مايـة
ميل في البحر ومن المنكـب الـي
مدينة مالقة ثمانون ميلا ومن مالقـة

الي قرطبة في جهة الشمال اربعة ايام
ومن مالقة ايضا الي غرناط ثمانون ميلا
ومن مالقة الي الجزيرة الخضرا ماية
ميل ومن مالقة الي اشبيلية خمس
مراحل ومن مالقة الي مربلة في
طريق الجزيرة اربعون ميلا واما ما
بين مالقة وقرطبة من الحصون العامرة
التي هي حواضر تلك النواحي فمنها
مدينة ارشدونة وانتقيرة وبينهما وبين
مالقة خمسة وثلثون ميلا ☙

ومنه الي مدينة بيغة ثمانية عشر
ميلا ويليها في جهة المشرق الحصن
المسمي بالغيذاق وبينهما مرحلة
خفيفة ومن الغيذاق الي جيان مرحلة
خفيفة ومنه الي حصن بيانة مرحلة
صغيرة ومن حصن بيانة الي قبرة
مرحلة خفيفة ومنه الي مدينة قرطبة

á Corteba á la parte septentrional
quatro dias ; y de Malca tambien á
Garnata ochenta millas ; y de Malca á Gezirat Alchadra cien millas;
y de Malca á Esbilia cinco jornadas;
y de Malca á Marvilia por camino
de la isla quarenta millas , y tambien entre Malca y Corteba hay castillos poblados , que son los sitios
mas populosos de aquel pais ; y de
allí son Medina Arxidûna y Antekira ; y entre ambas y entre Malca
treinta y cinco millas.

Y de aquí á Medina Beiga diez
y ocho millas , y la confina por
parte de Oriente el castillo llamado
Algaidâk , y entre ambos una jornada corta ; y del Gaidhâk á Giên
jornada corta ; y de aquí á Hisn-
Biâna una jornada pequeña ; y de
Hisn-Biâna á Cabra una jornada
corta ; y de aquí á Medina Corteba

quarenta millas ; y se llega por entre Mediodia y Occidente á Medina Alixêna ; y de Alixêna á Medina Corteba quarenta millas , y se
hallan los castillos Hisn-Belay , y
Hisn-Montirk ; y de Hisn-Belay á
Medina Corteba veinte millas, y en
cercanías de Hisn-Belay Hisn-Sant-
Iellâ ; y de él á Estigha en la parte
occidental quince millas ; y desde
Hisn Sant-Iella á Corteba veinte y
tres millas.

Y Medina Estigha sobre Nahr-
Garnata llamado Xenil ; y de Estigha hasta Córdoba treinta y cinco
millas ; y de Estigha á la parte del
Mediodia á Hisn-Oxûna medio dia;
y desde él hasta Belixêna veinte millas ; y de Estigha á Medina Car-
môna hay quarenta y cinco millas;
y desde ella hasta la banda occidental á Esbilia diez y ocho millas;
y desde Medina Carmona á Xerix

اربعون ميلا يتصل به بين جنوب وغرب
مدينة البسانة ومن البسانة الي مدينة
قرطبة اربعون ميلا ويلي هذه الحصون
حصن بلاي وحصن منترك ومن حصن
بلاي الي مدينة قرطبة عشرون ميلا
وبالقرب من حصن بلاي حصن شنت
يالة ومنه الي استجة في الغرب خمسة
عشر ميلا ومن حصن شنت يالة الي
قرطبة ثلثة وعشرون ميلا ﴿٭﴾

ومدينة استجة علي نهر غرناطة
المسمي شنبيل ومن استجة الي قرطبة
خمسة وثلثون ميلا ومن استجة في جهة
الجنوب الي حصن اشونة نصف يوم ومنه
الي بلشانة عشرون ميلا ومن استجة
الي مدينة قرمونة خمسة واربعون ميلا
ومنه في الغرب الي اشبيلية ثمانية عشر
ميلا ومن مدينة قرمونة الي شريش

من كورة شذونة ثلث مراحل وكذلك
من مدينة اشبيلية الي شريش
مرحلتان كبيرتان ومن شريش الي
جزيرة قادس اثنا عشر ميلا فمن شريش
الي القناطر ستة اميال ومن القناطر
الي جزيرة قادس ستة اميال وبين
اشبيلية وقرطبة ثمانون ميلا علي الطريق
ومن شا المسير ايضا من اشبيلية الي
قرطبة ركب المراكب وسار صاعدا
في النهر الي ارحا الزرادة الـي
عطف منزل ابان الي قطنيانة الي
القليعة الي لورة الي حصن الجرف
الي شوسنبيل الي موقع نهر ملبال
الي حصن المدور الي وادي الرمان
الي ارحا ناصح الي قرطبة ومن
مدينة قرطبة الي مدينة الزهرا خمسة
اميال

de la provincia Xidhûna tres jornadas ; y lo mismo desde Medina
Esbilia a Xerix dos grandes jornadas ; y desde Xerix á Gezira Cades doce millas ; y de Xerix á Alcántaras seis millas ; y de Alcántaras á Gezira Cades seis millas; y
entre Esbilia y Corteba ochenta millas por camino ; y quien quisiere
ir de Esbilia á Corteba entrará en
barcos , y subirá por el rio hasta
Arha Alzerâda á la vuelta de Menzil Abân, á Cotaniéna, á Alcolea,
á Lôra, á Hisn-Algerf, á Xusnil
á la caida del rio Melbâl, á Hisn-
Almodovar , y Wadi-Român, á los
molinos de Nasih, á Corteba ; y de
Medina Corteba á Medina Alzahra
cinco millas.

Y de Corteba á Almería ocho
dias; y de Corteba á Esbilia ochenta millas; y de Corteba á Malca
cien millas; y de Corteba á Tolaitola nueve jornadas; y quien quisiere caminar desde Corteba por el
Norte á cumbre Arles once millas; y de allí á Dar-Albacra seis
millas; de allí á Betrus quarenta millas; y de Hisn-Betrus á Hisn-Gâ-
fek siete millas; y de Calaat-Gâfek
á Gebal-Amir una jornada; de allí
á Dar-Albacra una jornada; de allí
á Calaat-Rabah; y de Corteba á
Garnata quatro jornadas, que son
cien millas; y entre Garnata y Giên
cincuenta millas, que son dos jornadas.

Y despues el mar Xamy., que
está á par de él lo Meridional de
Veled Andalus principiando por
el Occidente, y su término está
donde Antâkit, y la distancia que
hay entre ambos treinta y seis cursos, y su latitud es muy diversa;

ومن قرطبة الي المرية ثمانية ايام
ومن قرطبة الي اشبيلية ثمانون ميلا ومن
قرطبة الي مالقة مابة ميل ومن قرطبة
الي طليطلة تسع مراحل فمن اراد
سافر من قرطبة في جهة الشمال الي
عقبة ارلس احد عشر ميلا ومنها الي دار
البقر ستة اميال ثم الي بطروش اربعون
ميلا ومن حصن بطروش الي حصن غافق
سبعة اميال ومن قلعة غافق الي جبل
عامر مرحلة ثم الي دار البقر مرحلة ثم
الي قلعة رباح ومن قرطبة الي غرناطة
اربع مراحل وهي مابة ميل وبين غرناطة
وجيان خمسون ميلا وهما مرحلتان ۞
وامـا بحر الشام الذي عليه جـنوب
بلاد الاندلس فمبدوه من المغرب واخره
حيث انطاكية ومسافة ما بينهما ستـة
وثلثون مصري فامـا عروضه فمختلـفة

وذلك ان مدينة مالقة يقابلها من الضفة
الاخري المزمة وباديس وبينهما عرض
البحر مجري يوم بالريح الطيبة المعتدلة
وكذلك المرية يوازيها من الضفة الاخري
هنين وعرض البحر بينهما مجريان
وكذلك ايضا مدينة دانية يقابلها من
الضفة الاخري مدينة تنس وبينهما ثلث
مجار وكذلك من مدينة برشلونة الي
بجاية وهي التي تقابلها من عدوة الغرب
اربعة مجار في عرض البحر والمجري
ماية ميل واما جزيرة يابسة فانها
جزيرة حسنة واقرب بر اليها مدينة دانية
وبينهما مجري وفي شرقي جزيرة يابسة
جزيرة ميورقة وبينهما مجري وبالشرق
منها ايضا جزيرة منورقة تقابل مدينة
برشلونة وبينهما مجري ومن منورقة
الي جزيرة سردانية اربعة مجار ۞

y así ciudad Malca está en frente de
la otra ribera de Mezma y Bedis ; y
entre ambas hay el espacio de mar
de un dia de navegacion con buen
viento igual: Almería está puesta sobre la otra ribera de Henin ; y la
distancia de mar que hay entre ambas dos cursos : así Medina Denia
está delante de la otra ribera de Medina Tunes ; y entre ambas tres cursos : y así de Medina Barshelûna á
Bughâya , que es la que está delante
de la opuesta costa de Algarbe, quatro cursos en distancia de mar ; y
cada curso cien millas ; luego Gezirat Yebisa , que es buena Isla , y
la tierra mas cercana de ella la de
Medina Denia , y entre ambas un
curso ; y al Oriente de Gezirat Yebisa Gezira Mayorca, y entre ambas
un curso ; y en la parte oriental de
ella está tambien Gezira Menorca,
delante de Medina Barshelûna; y entre ambas un curso ; y desde Menorca á Gezira Sardênia quatro cursos.

DEL QUINTO CLIMA.

Esta primera parte del quinto clima contiene la banda septentrional
del Andalus, y en ella Veled Galicia, algo de Castélla, y algo de Veled Gascûnia, de tierra de Franch;
y asimismo de Veled Bortecâl, y
de ella Medina Colamria, y Mont-
Mayôr, y Naghêu, Sertân y Salmanca, y Samûra, y Abula; y en
esta de Veled Galicia Sekûbia, y
Liwria, y Burgos, y Behra, y Lek-
ruy, y Castila, y Bont-Lerina, y
Banblôna, y Sant-María, y Dablia, y
Sant-Guliana, y Sant-Biter, y Sant-
Aberdam, y Sant-Shalvator, y Dhul-
bira, y Biona; y en él de Veled
Heical Suly, y Tutîla, y Wesca,
y Gaca, y Calahura; y en él de
Veled Gascûnia Carcaxûna, y Ca-
meghêna, y Sant-Guân, y Biona,
y Aux, Bordhal; y en él de Veled

الجزء الاول من الاقليم الخامس

ان هذا الجزء الاول من الاقليم الخامس تصنم قطعة من شمال الاندلس فيها بلاد جلبيقية وبعض قشتالة وبعض بلاد غشكونية من ارض الاقرنج فاما بلاد برتقال فمنها مدينة قلمرية ومنت ميور ونجاو وسرتان وشلمنقة وتمورة وابلة وفيه من بلاد جليقية شقوبية ولبورية وبرغش وباحرة ولكروي وقسطيلة وبنت لرينة وبنبلونة وسنت ماربة ودبلية وسنت جليسانة وشنت بيطر وسنت ابردم وسنت شلمبطور ودولبيرة وبيونة وفيه من بلاد هيكل سولي وتطيلة ووشقة وجاقة وقلهرة وفيه من بلاد غشكونية قرقشونة وقمجنة وشنت جوان وبيونة واوش وبردال وفيه من بلاد

ببطو يدارس وبلقمس وشــنـت جـوان
ورخـالة وانجـيرس وفيه من بلاد قاورروس
انقلانرما وأبلاقبة ۞

فاول ذلك البحر الغربي من هـذا
الجز الاول هو بحر الظلمـات ويجـاور
شنترة ولشبونة من بلاد أشبانيا مدربنة
قلمربة وبين قلمرية وشنتربن في جهة
الجنوب ثلث مراحل وبين قلمـربـة
والبحر في جهة الغرب اثنا عشر ميلا
وهنـاك يصب نهرها المسمي مندربـن
وعلي مصب البحر حصن يسمي منت
مبور وهو في نحر البحر والطريق من
قلمربة الي شنت يافوب وذلك ان شبتنه
في البحر تسرت من حصن منت مبور
الي موقع نهر بوضو سبعبن ميلا وهـو
ارض برتقال ونهر بوضو نهر كبـيـر
تدنخله المراكب والسوافـن ومـاوه

Beitu, Yedâras, y Belcair, y Sant-
Guân, y Ruchala, y Angirs; y en
él de Veled Cawaros, Ankulezma,
y Ailekia.

El principio de Bahr Algarby de
esta primera partida es Bahr Altal-
mêt, y confina Shintera y Lisbona
de Veled Esbania con Medina Colamria; y entre Colamria y Shen-
terin en la parte meridional tres jornadas; y entre Colamria y el mar
en la parte occidental doce millas,
y aquí cae el rio llamado Mondin;
y sobre la caida en el mar el castillo llamado Mont-Mayôr, y está
sobre la orilla del mar; y el camino de Colamria á Sant-Jacûb; y
si quisieren caminar por mar desde
castillo Mont-Mayôr á la caida del
rio Bûdhû espacio de setenta millas; y es tierra de Bortecál; y el rio
Bûdhû es rio grande: entran en él
barcos, y se conmueven sus aguas

con el fluxo y refluxo hasta muchas
millas ; y de él á la caida de Nahr-
Duira quince millas ; y este es rio
muy grande, de mucha avenida y
caudal de aguas, profundo y turbio,
y en su orilla está Medina Semûra; y
entre Semûra y el mar sesenta millas ; y desde este rio hasta la caida
de Nahr-Mino sesenta millas ; y es
rio grande, caudaloso, ancho y profundo, y el fluxo y refluxo entra en
él á gran distancia, y muchas barcas entran en él á coger agua sobre
sus riberas, y de las alquerías y castillos; y en medio de este rio á las
seis millas del mar hay un castillo
en isla que está en medio del rio, y
es un extremo de fortificacion, porque está sobre la cima del monte,
y su altura no es demasiada, y se
llama este castillo Abraca.

De Nahr-Mino hasta la caida de
Nahr-Taron sesenta millas ; y es
tambien rio grande que entra en él

يدخله المد والجزر اميال كثيرة ومنه
الى موقع نهر دويرة خمسة عشر ميلا
وهذا النهر كبير جدا حار كثير الماء
شديد الجرية عميق القعر وعلى ضفته
مدينة سمورة وبين سمورة والبحر
ستون ميلا ومن هذا النهر الى موقع
نهر مينو ستون ميلا وهو نهر كبير
عظيم واسع عميق والمد والجزر يدخله
كثيرا والمراكب تدخله ارسا وسفر
الماء على ضفتيه من القرب والحصون
وفي وسط هذا الوادي وعلى ستة اميال
من البحر حصن في جزيرة متوسطة
وهو في نهاية من الحصانة لانه على قنة
جبل وعر ليس بكثير العلو ويسمى هذا
الحصن ابراقة ۞

ومن نهر مينو الى موقع نهر ظرون
ستون ميلا وهو ايضا نهر كبير يدخله

المد والجزر اميال كثيرة وعلي مقربة
من البحر في وسطه جزيرة وفيها حصن
كبير والنهر يضرب سوربة من كلي
الناحيتين منه الي موقع نهر الاذر ستة
اميال وهو نهر صغير لكنه يحمل المراكب
الكثيرة ارسا ومن هذا النهر الي مصب
نهر مرار ستة اميال وهو ايضا نهر كبير
والمد والجزر يدخلة وترسي به كثار
المراكب وهو نهر جرية من قريب وعلي
موقع هذا النهر في البحر جزيرة صغيرة
غير معمورة فيها مرسي وما وحطب ومن
موقع هذا النهر الي موقع نهر سنت
ياقوب ستة اميال ويسمي هذا النهر نهر
اناشت وهو نهر كبير كثير المراكب الفنا
يدخلة المد والجزر وتطلع فيه المراكب
الكبار نحو من عشرين ميلا ومنه الي
كنيسة شنت ياقوب نحو من ستة اميال

el fluxo y refluxo por muchas millas;
y en cercanía del mar en medio de
él hay una islá, y en ella un castillo
grande, y el rio bate sus muros por
todas partes; de él á la caida del rio
Aladra seis millas; es rio pequeño,
pero puede llevar muchos barcos:
desde este rio á la caida de rio Merár seis millas; tambien es rio grande, y se siente en él la marea, y
toman puerto en él muchas naves,
y es rio de corta corriente; y sobre
la caida de este rio en el mar hay
una isla pequeña sin poblaciones, y
en ella hay puerto y agua y leña;
y desde la caida de este rio á la caida de rio Sant-Jacûb seis millas; y
se llama este rio Nahr-Anaxt, y es
rio grande, y de muchos barcos,
profundo, y de fluxo y refluxo, y
capaz de grandes naves como veinte
millas; y de él á Kenisat Sant-Jacûb como seis millas.

Y de Kenisat Sant-Jacûb el grande sale del mar Océano un brazo que
sigue de Occidente á Oriente, y se inclina un poco á la banda meridional
hasta llegar á Medina Biona, y el
camino de Sant-Jacûb á Wadi-Ta-
mirka, que es rio grande, aportan á
él naves; y de él á la Ros-al-Tarf,
que entra en el mar mucho; y de
ella á Mêal-Ahmar, que es rio grande, y sobre él un templo magnífi-
co cerca de él Bart-Tama; y desde
Sant-Jacûb á él quarenta y dos millas; y desde Mêal-Ahmar á Armeda seis millas; y de él á Hisn-
Algar, que es muy gran castillo,
y hay en él rastros de un soberbio
templo; y de Algar á Wadi-Ar-
tekira, que es rio en donde entra
el fluxo y refluxo.

Y sobre él un castillo llamado
Mont-Saria Dabelia sesenta millas;
y de él á Wadi-Calanbira, que es

ومن كنيسة شنت ياقوب العظيمة
يخرج من البحر المظلم ذراع يمـــن
من المغرب الي المشرق وينعطف قليلا
الي جهة الجنوب حتي يصل مديـنـة
بيونة والطريق من شنت ياقوب الي وادي
نامركة وهو نهر كبير ترسي به المراكب
ومنه الي راس الطرف وهو يخرج فـي
البحر كثيرا ومنه الي الما الاحمر وهو
نهر كبير وعليه كنيسة عظيمة وبمقربة
من برت طامة ومن شنت ياقوب البيـة
اتنان واربعون ميلا ومن الما الاحمـر
الي ارمدة ستة اميال ومنه الي حصن
الغار وهو حصن كبير جدا وبه اثر
كنيسة عظيمة ومن الغار الـي وادي
ارتقيرة وهو نهر يدخله المد والجـزر
وعليه حصن يسمي منتصرية دبلية
ستون ميلا ومنه الي وادي قلنبيرة وهو

نهر كبير المصب والبحر يدخله وعليه
نظر كبير وبقرب منه كنيسة جلبيانة
نستون ميلا ٭

ومن وادي قلنبيرة الي وادي نسندربة
وهو نهر صغير لكنه عريض الفـم
والمراكب ترسي فيه وعليه كنيسة
شنت بيطر ثلثون ميلا ومنه الـي وادي
رجينة وعليه كنيسة شنت اردم خمسة
واربعون ميلا وهذا الوادي كبير والبحر
يدخل فيه وفيه مرسي حسن وفي وسط
هذا الوادي جزاير كثيرة معمورة وعليه
اقاليم ومن هذا الوادي الي وادي سليطو
برد ولبندة خمسون ميلا ومنه الي طرف
بشكير الزي عليه مدينة بيونة ثلثون
ميلا ومن بيونة ينعطف البحر راجعا الي
جهة المغرب ومن حصن الغار المتقدم
ذكره قبل هذا يبتدي جبل سبتة فيمر

rio de grande confluente, y el mar
entra en él; y sobre él hay una atalaya grande; y en su cercanía está
Kenisa Guliêna, sesenta millas.

Y de Wadi-Calanbira á Wadi-
Sindria, que es rio pequeño, pero
de ancha boca, que aportan á él naves, y sobre él Kenisa Sant-Biter,
treinta millas; de él á Wadi-Regina, y sobre él Kenisa Sant-Ardam
quarenta y cinco millas, y este rio
es grande, y el mar entra en él, y
tiene buen puerto, y en el medio de
este rio hay muchas islas pobladas,
y sobre él climas; y de este rio á
Wadi-Selito-Bard y.... cincuenta millas; y de él á punta Beskir, que sobre ella está Medina Biona, treinta millas; y desde Biona se inclina el mar
retornando á la parte occidental. Desde Hisn-Algar, antes referido, principia el monte Sebta, y se extiende

con la costa del mar hasta Biona, y
á veces se aparta del mar hasta haber
entre ambos un dia, y á veces se acerca hasta quedar entre ambos quince millas; se extiende continuando
sin intervalo hasta que llega á Biona, y se junta aquí con el monte
de Heïkal-Alzahra, y es su longitud camino de nueve dias, y la
jornada treinta millas, y la situacion de Heikal-Alzahra en extremo
de Gezirat-Andalus entre la distancia que hay entre mar occidental,
que es Bahar al-Anklisin, y Bahr
al-Xâm; y es la extension de este
monte desde Medina Biona hasta
tierra de Barshelona, y es monte
grande, y se llama Gebal-Albortât,
y es el que separa Veléd al-Andalus de Veled al-Afranchin.

Y la longitud de este monte desde el Norte al Mediodia por camino
de arco siete dias; y en él hay quatro
puertas, y algunas tan estrechas, que

مع نحري البحر الي ان يصل ببيونة
فمرة يبعد عن البحر حتي يكون بينهما
يوم ومرة يقرب حتي يكون بينهما
خمسة عشر ميلا ويتمادي متصلا غير
منفصل الي ان يصل ببيونة ويتصل هناك
بجبل هيكل الزهرة ويكون طوله
مسير تسعة ايام والمرحلة ثلثون ميلا
ويمر هيكل الزهرة في اخر جزيرة
الاندلس معرضا فيسد ما بين البحر
المظلم وهو بحر الانقليشين الي بحر
الشام ويكون امتداد هذا الجبل من
مدينة ببيونة الي ارض برشلونة وهو جبل
عظيم ويسمي جبل البرتات وهو حجز
بين بلاد الاندلس وبلاد الافرنجيين ۞
وطول هذا الجبل من الشمال السي
الجنوب مع سير تقويس سبعة ايام وفيه
اربعة ابواب فيها مضايق يدخلها

الفارس بعد الفارس وهذه الابواب عراض
لها مسافات وهي مخوفة الطرق واحد
هذه الابواب الباب الذي في ناحية
برشلونة ويسمي برت جاقة والسباب
الثاني الذي يليه يسمي اشمرة والباب
الثالث منها يسمي برت شازرر وطولة في
عرض الجبل خمسة وثلثون ميلا والباب
الرابع منها برت بيونة ويتصل بكل برت
منها مدن في الجهتين مما يلي برت
شازرر هي مدينة بنبلونة والباب المسمي
برت جاقة عليه مدينة جاقة الطريق
من قلمرية الي شنت ياقوب علي البر
من قلمرية الي قرية ابة مرحلة ومن
ابة الي قرية وطبرة مرحلة ﷼

ومنها الي اول بلاد برتقال مرحلة
ويقع الطريق عرض ارض برتقال
في يوم وهناك قرية بونة قار وهي

entrará caballero tras caballero ; y
estas son de las puertas mas espa-
ciosas , pero de horrible camino;
y una de estas puertas , la que está
en confin de Barshelona , es llamada Bort-Gaca ; y la segunda , que
está cerca , es llamada Axmora ; y
la puerta tercera su nombre es Bort-
Xêzar , y su longitud en distancia
del monte treinta y cinco millas; y
la quarta puerta es llamada Bort-Biona ; hállanse ciudades en los confines de cada puerta : la que está cerca de Bort-Xêzar es Medina Bamblona , y la puerta llamada Bort-
Gaca está cerca de ella Medina Gaca ; el camino de Colamria á Sant-
Jacûb por tierra, de Colamria á Cariat-Aba una jornada ; y de Aba á
Cariat-Watira una jornada.

Y de ella al primer Veled de Bortecâl una jornada ; y se ofrece el camino de tierra de Bortecâl en un dia;
y aquí Cariat-Bona-Car , que está

sobre ribera de Nahr-Duyra , que es
rio de Samûra , y se pasa por aquí
en barcas dispuestas para el paso ; y
de Alcaria á Nahr-Mino , á Hisn-
Abraca sesenta millas , que son dos
jornadas ; de Hisn-Abraca á Hisn-
Tuya dos jornadas ; y de Tuya á
Sant-Jacûb una jornada ; y de Semûra á Medina Liôn quatro dias.

- Y de Medina Liôn á Medina Es-
tûba una jornada , y es pequeña y
murada ; y de ella al monte llamado Mont-Wad doce millas; de allí
al Gebal-Mont-Cabreir doce millas;
luego á Sant-Jacûb tres dias; y entre
Liôn y Alcarw, que está sobre Bahar
al-Anklisin , tres dias ; y lo mismo
el camino de Medina Liôn á Medina
Bamblona ; y al Oriente de Medina
Liôn á Medina Sembaon una jornada ; y de ella á Medina Cariôn

علي ضفة نهر دويرة وهو نهر سمورة ويعبر
هناك في مراكب متخذة للجوار بها
ومن القرية الي نهر مينو الي حصن
ابراقة ستون ميلا وهي مرحلتان ومن
حصن ابراقة الي حصن طوبة مرحلتان
ومن طوبة الي شنت ياقوب مرحلة ومن
سمورة الي مدينة ليون اربعة ايام ۞

ومن مدينة ليون الي مدينة استوبة
مرحلة وهي صغيرة متحضرة ومنها
الي الجبل المسمي منت واد اثنا عشر
ميلا ثم الي جبل منت قبرير اثنا
عشر ميلا ثم الي شنت ياقوب ثلثة ايام
وبين ليون والفارو التي علي البحر
الانقلبيشين ثلثة ايام وكذلك الطريق
من مدينة ليون الي مدينة بنبلونة
وشرقا من مدينة ليون الي مدينة
سنبعون مرحلة ومنه الي مدينة قريون

يوم ومنها الي مدينة برغش مرحلتان
ومن مدينة برغش الي مدينة فاخرة
يوم وهي مدينة عامرة ومنها الي قسطيلة
يوم ومن حصن قسطيلة الي حصن منت
لريبنة يوم ومنه الي مدينة بنبلونة يوم
ومن بنبلونة الي مدينة بيونة علي
ساحل البحر يومان والدخول الي بنبلونة
علي البرت المنسوب اليي بيونة ومن
مدينة ليون السادق ذكرها الي مدينة
طليطلة سبعة ايام وكزلك من مدينة
برغش ايضا الي مدينة طليطلة سبعة
ايام ومن شنت ياقوب الي طليطلة الي
الطريق القصد تسع مراحل ۞

ومن مدينة شلمنقة الي مدينة ابلة
خمسون ميلا ومن شقوبية الي تطيلة
مابة ميل بين جنوب وشرق ومن
تطيلة الي سرقسطة خمسون ميلا وكزلك

un dia ; y de ella á Medina Burgos
dos jornadas ; y de Medina Burgos á
Medina Naghera un dia , y es ciudad
poblada ; y de ella á Castila un dia;
y de Hisn-Castila á Hisn-Mont-La-
rina un dia ; y de él á Medina Bamblona un dia ; y de Bamblona á Medina Biona sobre la costa del mar
dos dias ; y la entrada de Bamblona
por la Albôrt nombrada á Biona;
y de Medina Liôn , antes mencio-
nada , á Medina Tolaitola siete dias;
tambien desde Medina Burgos á Medina Tolaitola siete dias ; y de Sant-
Jacûb á Tolaitola por el camino seguido nueve jornadas.

Y de Medina Shelmanca á Me-
dina Abula cincuenta millas ; y de
Secûbia á Tutíla cien millas entre
Mediodia y Oriente ; y de Tutíla á
Sarcôsta cincuenta millas; y asimismo

de Totíla , ya dicha , á Medina Selim un dia ; y de Sarcôsta á Wesca cincuenta millas ; y de Wesca á
Lerda setenta millas ; y desde Wesca á Maknêsa setenta millas ; y de
Lerda á Afrâga ; y de Afrâga á
Medina Tartûxa cincuenta millas.

Y de Medina Tartûxa á Medina
Tarkûna Al-Ieud quarenta y cinco
millas ; y tiene buen puerto , y se
halla agua ; y de ella á Barshelôna
cincuenta millas ; y Medina Barshelôna sobre la costa del mar , y su
puerto sin fondo , y no entran en
él naves sin conocimiento ; y la entrada á ella y su salida para Andalus por puerta del monte llamado
Heical Alzahra , y es fama que estos son de los hijos de Giafane;
y desde Barshelôna á Carcaxôna
quatro dias al Norte ; y desde Carcaxôna á Comenga al Norte por

من تطيلة المتقدم ذكرها الي مدينة
سالم يوم ومن سرقسطة الي وشقة
خمسون ميلا ومن وشقة الي لاردة سبعون
ميلا ومن وشقة الي مكناسة سبعون ميلا
ومن لاردة الي افراغة ومن افراغة الي
مدينة طرطوشة خمسون ۞

ومن مدينة طرطوشة الي مدينة
طركونة اليهود خمسة واربعون ميلا ولها
مرسي حسن ومياهها موجودة ومنها الي
برشلونة خمسون ميلا ومدينة برشلونة
علي نهر البحر ومرساها قرش لا
تدخله المراكب الا عن معرفة والدخول
اليها والخروج عنها الي الاندلس علي
باب في الجبل المسمي بهيكل الزهرة
ويذكر انهم من ابنا جفنة ومن
برشلونة الي قرقشونة اربعة ايام شمالا
ومن قرقشونة الي قمنجة شمالا مع

الجبل ثمانون ميلا ومن قمنجة الــي
ظلوشة يومان بين شرق وجنوب ومن
قرقشونة ايضا الي ظلوشة شرقا ستون
ميلا وكزلك من مدينة قمنجة الــي
مولانس ثمانون ميلا ومن قمنجة الــي
شنت جوان مع الجبــل ستون مـيـلا
ومن شنت جوان الي مدينة مولانــس
خمسة وستون ميلا ومن مدينة شنـت
جوان ايضا الي مدينة ببونة مرحلتان
شمــالا ومن مدينة شنت جوان التــي
مع الجبل الي اوش سبعون ميلا في
جهة الشرق ومن مدينة ببونــة مــع
الشمــال الي مدينة برذال سبعون ميلا
وكزلك من مدينة اوش الي برذال
ثمانون ميلا وكل هذه البلاد الـتــي
نكرنـاها هي بلاد غشكونية المجاورة
لجبل البرنات ✿

el monte ochenta millas ; y de Comenga á Talûsa dos dias entre Oriente y Mediodia ; y de Carcaxôna tambien á Talûsa al Oriente sesenta millas ; y lo mismo de Medina Comenga á Molens ochenta millas ; y
desde Comenga á Sant-Guân por el
monte sesenta millas ; y de Sánt-
Guân á Medina Molens sesenta y
cinco millas ; y de Medina Sant-
Guân tambien á Medina Biona dos
jornadas al Norte ; y de Medina
Sant-Guân siguiendo el monte á Aux
setenta millas á la parte de Oriente ; y de Medina Biona por el Norte á Medina Bordhâl setenta millas,
Y asimismo desde Medina Aux á
Bordhal ochenta millas ; y toda esta region que hemos mencionado es
tierra de Gascûnia confinante con
Gebal Alburtât.

Y de Medina Gironda entre Medina Burges y Medina Aux sesenta millas; y tambien de Medina Burges á Medina Agen cincuenta millas ; y desde Medina Agen á Medina Cawarôs sesenta millas al Norte ; y lo mismo de Medina Burges á Medina Ankulezma cien millas, y de ella á Medina Bordhâl de tierra de Gascûnia cien millas ; y de ella á Medina Ailekia de la tierra Beitu noventa millas ; y de Ailekia á Bordhâl quarenta millas; y desde Bordhâl al mar doce millas; y lo mismo entre el mar y Ailekia quince millas.

Y tambien desde Medina Ankulezma á Sant-Guân de tierra Beitu al Occidente quarenta millas ; y de Ailekia á Ruchêla un dia ; y de Ruchêla á Belcair un dia sobre el mar salado occidental , y en él

ومن مدينة جرندة بين مدينة برغس

ومدينة اوش ستون ميلا وكذلك من مدينة

برغش الي مدينة أجن خمسون ميلا

ومن مدينة أجن الي مدينة قاورس

ستون ميلا شمالا وكذلك من مدينة

برغش الي مدينة انقلارمة مابة ميل

ومنها الي مدينة برذال مــن أرض

غشكونبة مابة ميل ومنها الي مدينة

ايلاقبة من ارض بيطو تسعون ميلا ومن

ايلاقبة الي برذال اربعون ميلا ومن برذال

الي البحر اثنا عشر ميلا ۞

وكذلك بين البحر وايلاقبة خمسة

عشر ميلا وأيضا فان من مديــنـــة

انقلارمة الي شنت جوان مــن أرض

بيطو مغربا اربعون ميلا ومن ايلاقبــة

الي رخالة يوم ومن رخالة الي بلقبر

يوم علي البحر المالح المظلم وبهـــا

يقع نهر ارليانس ومن رخالة ايضا الي

شنت جوان من ارض بيطو خمسون ميلا

وكذلك بين شنت جوان وبلـقــيـر

مثل ذلك ۞

cae Nahr-Orliáns; y de Ruchála tambien á Sant-Guân de tierra Beitu cincuenta millas : y así tambien entre Sant-Guân y Belcair la misma distancia.

ANOTACIONES

AL TRATADO DE XERIF ALEDRISI.

El núm. denota el de la pág. de la traduccion.

2 *En el nombre de Dios....* Así principian los Musulmanes todos sus escritos, aun los tratados mas despreciables. Es costumbre de Azunna ó tradicional que les enseñó su Annabi Muhammed, que en su Alcoran principia todas las suras ó capítulos con بسم الله الرحمن الرحيم *en el nombre de Dios clemente y misericordioso.* Nuestros Moros españoles, y sus alimes ó sabios en las declaraciones de Alcoran traducen *en el nombre de Allah piadoso de piedad*, esto es, muy misericordioso. En algunas escrituras otorgadas por Moros de Aragon he visto que principian con الحمد لله *el hamdo lillahi* la alabanza á Dios; pero lo primero es mas general entre Africanos, Árabes, Turcos y Persas: de aquí procede la supersticiosa veneracion que tienen á sus escritos; nunca los arrojan, y quando ya no pueden usar de ellos los esconden, y evitan con mucho cuidado el que los profanen. La misma vana observancia tienen los Judíos, y los tratados mísnicos establecen ridículas precauciones para este fin: en *Sefer Thorà*, cap. 10, en *Maseket Soferim*, y R. Moyses Ben Maymon, en *Hilcoth Isode ha thora, tratados de*

los fundamentos de la ley; porque no deliran menos los Judíos con su ciega credulidad y vana con-
fianza en la supersticiosa práctica de דקבוע מזוזתא
de fixar mezuztha, que los Musulmanes, tan per-
didos por estas supersticiones, que con ciertas nó-
minas escritas en papel de tal color, con tinta de
cierta confeccion, en papel, lienzo ú piedra negra, se tienen por mas felices que los mas poderosos Príncipes, libres de toda dolencia y peligro,
y especialmente si es la ورق علي المكتوب الاسما
الزبتون, *nómina escrita sobre hojas de oliva*, ó la
que suponen escrita en el العرش *trono*; estas,
dicen, sirven para conseguir todo lo que se de-
sea: he visto algunas que atribuyen á Adam, y
tienen escrito al contorno : اسلك اللهم بالاسما
النبي دعاك بها ادم عم *ruégote, Allah, por la nómi-*
na que te rogaba con ella Adam, Alehi Salam,
á quien la paz, y otras á nombre de otros Pa-
triarcas y Profetas : tambien usan como los Judíos de כתובות הקעקע *escrituras stigmáticas*, se-
ñalando en sus manos, brazos ó pecho el nombre de Allah, ó una confesion de fe ; y en estas extravagancias son tan necios los Doctores
de la Azunna como los de la משנה Misna, como si en los caracteres y figuras de las letras for-
madas por un hombre hubiese alguna virtud, ó
particular santidad.

Mar de Xâm الشنام, بحصر, esto es, mar de Siria;
así llaman los Árabes al Mediterráneo porque baña las costas de Siria : los Siro-Caldeos le llaman

סוריא די ימא *mar de Suria*, y بحر موري, esto es,
ים הצר *mar de Tiro*: el célebre autor del Timur
ó Tamerlan le llama بحر مصر *mar de Egipto*,
المنقلب البهم من بلاد الروم *que revuelve hácia ellos
desde tierras de Arrum*, esto es, desde Grecia,
para distinguirle del Roxo, que es el que princi-
palmente se llama de Egipto, y los Árabes y Persas llaman بحر القلزم *mar de Colzum*, como si
dixera mar sorbiente, de quien dice el mismo
Ahmed بحر القلزم الظلوم الغشوم *mar de Colzum*,
tiránico, engañoso.

Andalus اندلس: este nombre que dan los Árabes á España provino del de Wandalos y Wan-
dalusia, que se llamaba la Bética por la ocupa-
cion de los Wandalos y otras naciones del Norte.
Los Árabes quando entráron en España hiciéron
general á toda la Península el nombre de la primera provincia que ocupáron; y todos los Orientales, Árabes y Persas la llaman ارض الاندلس *Ard-
al-Andalus*, la tierra de Andalusia. Con otros
nombres exóticos hiciéron lo mismo: ὑστάσπης
Hysthaspes de Griegos y Latinos, que es el
وشتتاشب ó كشتناشب Kwstasb y Guestasb de
los Persas, escriben los Árabes اشتناشب Astasbe
ó Estasbe.... Si nuestra España fuese obscura y
caliginosa como la Noruega ó Laponia, vendria
bien la conjetura de Casiri, y diriamos que ve-
nia de حندلس *pais obscuro y tenebroso*: sin embargo cada uno es libre en estas materias, y puede aventurar su parecer.

Esbania ó Isbania, esto es , Ἰσπανία , España:
este nombre halláron que tenia nuestra Península
quando los Romanos principiáron á tener noticia
de ella ; el nombre es oriental , y se le darian
pueblos de Africa , colonias de Fenicia ; y en
esta lengua צפנוא ó םסאנוא , *Séfania ó Spania* es
septentrional , boreal , y tal es su situacion res-
pecto de Africa. Apenas hay quien dude que la
lengua de Fenicia era la siro-caldáica , un dialecto de la antigua ebrea ; y los sabios de todos los tiempos han manifestado que la ebrea,
la árabe y siro-caldea en su orígen no son mas
que una lengua dividida y variada en estos dialectos : Josefo en su libro contra Apion, y Eusebio en
la Preparacion evangélica, tratando de los Ebreos,
dicen γλῶσσαι μὲν φοίνισσαι ἀπὸ σομάτων ἀφιέντες , *las*
palabras que salen de sus labios son fenicias :
Meleagro Gadareno, poeta Siro-Palestino , en un
epitafio que dispuso para su sepulcro concluye
con estos dos versos :

> Ἀλλ' εἰ μὲν Σύρος ἐσσὶ, ΣΕΛΟΜ εἰδ'οὖν σύγε Φοῖνιξ
> ΑΤΔΟΝΙϹ εἰ δ''ἕλλην , ΧΑΙΡΕ τόδ''αὐ]ὸ φράσον.

Si eres Siro dí שלם *Selom , si Fenicio Hau-*
doni אדוני חו , *si de Grecia dime* χᾶιρε : todo es
lo mismo , שלום de Siros, el אדוני חו *Hau-Ado-*
ni, ó Avo-Doni , es *Ave Domine mi* de Fenices
y Cartagineses , como se nota en el Pœnulo de
Plauto ; y χᾶιρε *salve.* El célebre Moyses Ben
Maymon en sus Aforismos dice اما لالغة العربية
والعبرانية فقد اتفق كل من علم الغتيس انهـمـا

لغة واحدة بلا شك وكذلك السريانية قريبة منهما

que la lengua arábiga y la ebrea, como convienen todos los que las saben, son sin duda una
sola lengua, y que asimismo la siriaca se acerca
á estas. Puesto que, como ya he dicho, la lengua en su orígen es una, usaré indiferentemente
de los caractéres ebreos ó árabes para reducir las
voces á su orígen, en vez de los samaritanos,
que con ligera variedad son los puros caractéres
fenicios y púnicos. Los Ebreos llaman á España
ספרד, que con pronunciacion masorética se dice
Sefarad, en Abdias ocurre esta voz, y el Targum
ó version caldea traduce אספמיא *Esfamia*: bien
sabido es que los supersticiosos Talmudistas se
precian de viciar la escritura de los nombres de
Ommoth ha olam, los pueblos del mundo, y hacen gala de poco cuidado en los conocimientos
profanos; pero Abram Aben Ezra, despreciando
tan vana observancia, interpreta y escribe bien
ספרד אספגיא *Sefarad Espania...* Este nombre es
el griego ἑσπερίδα Hespéride, de ἑσπερία, que dice Estrabon la llamáron así por la estrella ἕσπερος
Hesperus, que parece al anochecer sobre estas
tierras occidentales: las fábulas de las Hespérides
hijas de la noche, y sus huertos de manzanas de
oro, que cuenta Hesiodo, proviniéron en parte de
la obscuridad de las memorias antiguas; y las relaciones de la amenidad del pais, de su riqueza
de ganados y de oro, puestas en la lengua de
Cadmo produxéron tales prodigios: por otra parte

la hermosura de la estrella de Venus כוכב של ערב
Kokab sel Ereb , esto es , ἀςὴρ ἐρεβεννὸς , estrella
del Erebo , ó de la tarde , que en árabe diriamos
كوكب الغرب *Kukeb-Algarbi* , astro de Occidente,
llenó de ideas amenas la imaginacion ardiente de
los poetas griegos , y de aquí naciéron tantas fábulas. El nombre mismo de esta estrella es fenicio , y la voz ἰσπερος se debe reducir á שפיר Sfir,
que traduce el Sinedrio Alexandrino ὡραῖος, εὐθαλὴς,
hermoso , florido , agradable. Por no molestar
mas á mis lectores con tanta prolixidad omito los
preciosos versos de Hesiodo , de Homero , de
Q. Smirneo , y de Apolonio Rodio , en que mencionan al Hespero , y solo quiero poner estos de
Mosco ó de Bion:

Ἱσπερι, τᾶς ἐρατᾶς χρύσιον φάος Αφρογενείας,
Ἱσπερι, χυανίας ἱερὸν φίλε νυκτὸς ἄγαλμα.

Aureo esplendor de la amorosa Venus,
Sacro decoro de la negra noche,
Hesperio , Hesperio amado.

Nótese que la estrella de Venus , por la mañana
quando precede al sol, se llama φωσφόρος, lucifer,
lucero , estrella del alba ; y quando á la tarde
sigue al sol se llama ἱσπερος.

Gezirat , Isla : los Árabes no suelen distinguir
de Islas y Penínsulas ; y así con la voz جزيرة
indican ambas cosas ; y dicen جزيرة العرب Gezi-
rat-Alarabi , Isla de Arabia , aunque no es sino
Península ; y de la misma manera جزيرة الاندلس
Gezirat al-Andalus por la Península de España.

Mar Xami, ó mar siriaco , cómo ya he dicho, porque baña las costas de Siria: el llamar شام Xâm á Siria , dicen algunos que por שם Shêm , hijo del Patriarca Noé; otros, especialmente los Musulmanes , dicen que quando los Orientales , en los tiempos anteriores al Islam ó religion musulmana, salian de las usadas romerías del templo אלחרם Alharam , que de tiempo inmemorial había en Mecca, para ir á Siria caminaban الي شام *ilê Xâm* á la izquierda , y que de esto le vino el nombre; así como á la feliz Arabia llamáron اليمن Alyemen; porque saliendo del mismo templo para ella caminaban الي اليمن *ilê 'Iyemen* hácia la derecha.

Bakr-Muhit بحر محيط mar océano porque rodea toda la tierra; y como decia Dionisio Africano en su Descripcion del orbe:

ἐν γὰρ ἐκείνῳ
πᾶσα χθὼν , ἅτε νῆσος ἀπείριτος ἐςεφάνωται.
Con él toda la tierra está ceñida
Qual Isla inmensa....

Y Orfeo , ó quien sea el excelente poeta autor de los Himnos antiguos:

Ωκεανός τε πέριξ ἐν ὕδασι γαῖαν
ἑλίσσων....
El Océano en torno con sus aguas
Rodeando la tierra....

Y en otra parte :

ὃς περικυμαίνει γαίης περιτέρμονα κύκλον.
Que de la tierra el círculo postrero
En derredor agita embravecido.

Los Árabes , para denotar los diferentes puntos del Océano, añaden á *Bahr Muhit* , ó *Alhendi*, Océano Indico , ó *Algarbi* , Océano Atlántico.

5 *El mar de Xâm* ó Siriaco se llama tambien الروم بحر *Bahr-Arrûm* , mar Rumi : con este nombre indican quanto pertenece á las tierras que fuéron del Imperio Greco-Romano : es nombre muy general. Tambien le llaman بحر البنـطـش *Bahr al-Bontos* , mar del Ponto , esto es , el mar Euxîno.

. *Taberistân* es la antigua Hircania , y mar de Taberistan es el mar Caspio : la voz es persiana, y la terminacion سنتان *stân* significa *pais , region*, *sitio* : así dicen Indostân , Arabistân , Turkestân: y Gulistân sitio de rosas , Murdestân sitio de mirtos ; y Ginnistân la region de los Genios : Taberistân quiere decir region de *Destral* , acaso por su figura'.

6 *Iskander* , el grande Alexandro: los Arabes le llaman دوالقرنين *Dul' Karnain* , el de los Cuernos , el *Bicorne* , ó por la vanidad de llamarse hijo de Júpiter Ammon , ó por sus monedas , ó por todo junto. Los Árabes cuentan muchas fábulas de este héroe llenas de anacronismos y barbarie : entre los manuscritos de la Real Biblioteca hay una ·historia ó romance de las hazañas de Alexandre Dulkarnain en español , y en caractéres árabes , compilacion de absurdos y necedades. Nuestro Edris , al principiar este cuento de la comunicacion de los dos mares y rompimiento del

estrecho , usa de la voz يمسكي cuéntase ; y la voz original es tan expresiva que denota una relacion fabulosa é increible.

Sûs es region hácia el Atlas en Marruecos : tiene á la parte occidental un rio llamado Nahr-Sûs ; sus riberas tienen muchas palmas, y sus labradores son muy industriosos. En esta region hácia el mar está el templo del Profeta Jonás, que fingen fué allí arrojado del vientre de la ballena: el templo, dice Assed Ifriki , es de costillas de ballenas que se pierden en unos peñascos de aquella costa. Nasir Eddin y Ullug Beig mencionan esta region في الغرب سوس الاقصي en Occidente Sûs la última ; שוש ó bien סום ó صاص שאש es domar fieras , sujetar caballos , ser veloz en los robos : y los Mauritanos y Numidas siempre se han celebrado por buenos cazadores y diestros ginetes : de los Africanos decia Sofocles en su Electra en la ficcion de la muerte de Orestes en los juegos:

Λίϐυες ζυγωτῶν ἁρμάτων ἐπισάται.

Los Libios diestros en uncidos carros. Y aun ahora no se han olvidado de su antigua destreza.

Veled... Tierra de بلدة Velda tierra : de aquí pasó su significacion á denotar pueblo , region, ciudad &c. He leido una hadith ó historia arabesca de nuestro Padre Adam , y á Eva la llamaba بلدة Bilda , como si dixera אדמה Adama, esto es אישת האדם muger de Adam. Esta voz se conserva en nuestra lengua en los nombres de algunos pueblos, como Velez-Málaga, Velez-Blanco, Albalate, Velada, Abelda, Valad-Ulid ó Valladolid, y en la palabra *valadi*, que propiamente significa *agreste*, *rústico*, cosa de la tierra, y por lo comun entendemos cosa ordinaria y de poco valor.

Tangha, ahora decimos Tanger: es la antigua Tingis, que dió nombre á la Mauritania Tingitana: Ptolomeo la llamó Τίγγις, y Estrabon dice que los Bárbaros la llamaban Τίγγα, ἴσως ἀπὸ סיגגא Sigga: el Emperador Claudio la repobló, y la llamó Julia Traducta. Los Africanos dicen بناها أسد بن حاد صاحب العالم واحيطها بسور الصفر ولها ادوار الذهب والفضة وبقت حتي خربها بعض ملوك البربر *edificóla Ased Ben Had, Señor del mundo, y la rodeó de muros de metal; sus casas eran de oro y de plata, y duró hasta que la destruyéron algunos Reyes de Berbería*; pero esta es una fábula.

Arrecifes, calzadas ó paredones: he dexado la voz árabe porque se usa en nuestra lengua en el mismo sentido: la disposicion natural del sitio pudo dar ocasion á esta fingida fábrica. Nuestro D. Vicente Tofiño en su Descripcion de la Bahía de Algeciras acredita esto de los arrecifes: salen, dice, unas cordilleras de piedras; pero tan en línea por naturaleza, que no parecen sino muelles ó paredones artificiales: se infiere de este pasage, que Xerif Aledris estuvo en España, y quando menos en Algeciras.

9 *Safiha* , propiamente *claridad de lago* , llanura ó tabla de agua muy clara, sin espuma , lé-
gamo ni cieno.

Alrabie... Sospecho que en este nombre hay
alguna errata : Abulfeda en su Descripcion de
Arabia cita á un geógrafo que llama الاعرابي Ala-
rabi, y tal vez es este que aquí se menciona.

Alcántara, القنطرة el puente; porque creerian
que en lo antiguo pudo haber allí un gran puente
que uniese los dos continentes. En nuestra lengua se conserva la voz alcántara y alcantarillas,
Puente de Alcántara ; es como decir puente del
puente : esto resulta de la mezcla de lenguas : al-
cantarilla tiene con poca diferencia la misma significacion.

Highar-Eggêl, *la peña del Ciervo* : حجر الايل
en una cancion persiana ocurren estas mismas
voces:

اجل در سنك است
وشير بيش زاوست*

Eggel dar sink est,
Wxîr pish zwest.

*El ciervo está en la peña , y el leon está delante
de él.* He querido poner este *dhu-bait* porque
se note la permutacion del ي árabe en چ persia-
no , así tambien nosotros pronunciamos con mucha fuerza el י jod ebreo , como se nota en las
voces Job , Jeremías , Jesus &c. Este sitio es tal
vez el de unos escollos donde llaman ahora *punta
del rocadillo*; y de un lado y otro del estrecho,

y especialmente el fondo de la costa de Africa
desde punta Bermeja , punta Leona , la de Torre-
blanca , y la ensenada de Benzus está lleno de
piedras , escollos é islotes.

10 *Alzakak*, del *Estrecho* ; porque زقاق , y lo
mismo זקפאן , y ثقاف son *angosturas* , estrechuras,
todo de זקיק comprimir, estrechar, poner en estrecho; *zekaikim* זקיקים en ebreo *prisiones* ; de la
misma viene زقّة *zaque* , odre, ó cuero para agua,
vino , aceyte ó miel : entre nuestros pastores se
conserva el nombre árabe de zaque con su propia significacion : Alfaques es corrupcion de Alzaques : mar de Alzaques &c.

Gezirat-Alchadra, *Isla Verde* , ó de la Verdura ; ahora la llaman de las palomas : en ella habia un rio que llamaban وادي السفاين *Wadilse-*
fain : los Portugueses le conocen por Guadame-
gil , Alsefain es *de las naves* por las de la conquista.

Gezira Tarif, *Isla del Puntal* , ó de la Punta:
se conserva este nombre en Tarifa.

Alcázar : este es Alcázar saguir , para distinguirle del otro Alcázar-kivir : estas voces se conservan en español. Alcázar القصر es casa principal , palacio , casa fuerte : su significacion primitiva fué un asilo para pasar el tiempo de las tinieblas y obscuridad de la noche , equivalente en
esta significacion á בית בית *casa de* بات *pasar la*
noche בות lo mismo : la necesidad de defenderse
de las intemperies de las estaciones , y de las fie-

ras, obligó á los hombres á buscar sitios de seguridad , especialmente para por la noche , en
que la falta del sol llena todo el campo de horror
y de peligros verdaderos ó imaginados. قصر Kas-
ron es la tarde-noche, el punto de sobrevenir las
tinieblas, y entonces el hombre del campo se re-
tira á su morada para pasar la noche : los otros
nombres de las habitaciones se deben á su forma ó á su materia , ó al sitio; pero de eso despues.

Masmûda , مصمودة una de las cinco principales tribus de Berbería : las otras son زناتة Zeneta,
que nuestros romances é historias llaman Zene-
tes , صنهاجة Sanhâgha, que nosotros decimos Ze-
nagas. غمارة Gomêra : en nuestras historias se llaman Gomares y Gomêles. هوارة Huwâra : algunas de estas eran originarias de Arabia : habia otras,
pero no tan distinguidas. La de Ketâma كتامة era,
segun las tradiciones africanas , de las mas antiguas, como que habia venido con Afrikis افربقس
بن قيس بن صيفي بن سبا الصغر Ben Kis Ben Saifi
Ben Sebâ el menor, que vencido por el Rey de
los Asirios, dexó la feliz Arabia , y se vino á עפר,
ó bien sea אפר Afar, esto es, á ارض الغرب tierra
de Occidente , la qual sojuzgó, y de su nombre
se llamó افريقية Afrika : pero esta tradicion no me
parece verdadera sino en el fondo. Josefo en el 1
de sus Antig. Jud. dice hablando de los hijos de
Kethura , que quien pasó á Africa y la sojuzgó
fué Ophres, hijo de Midian. Lo cierto es que עפר

y אפר en la lengua de los Fenices ó Punices es
polvo, tierra árida, nombre que conviene sin duda á los ardientes arenales de Africa. *Kis* ó *kais*
en Oriente se dice *el negro*: en turco es bien sabido quien es el *Kislar-aga*, ó Xefe de los ne-
gros; de manera que la historia de *Ben Kis*, que
llegó á *Afar*, es אתא בעל כוש לעפר un *Príncipe
negro que vino á la ardiente Africa.*

Sebta... Es Zeuta; los Romanos la llamáron
Septem fratres; y de aquí los Griegos ἑπ]ἀδελφοι,
que es lo mismo, por siete montes que tiene en
sus cercanías. Procopio menciona la Arx Septen-
sis de Mauritania, y dice llamarse así por los
siete montes: nuestro geógrafo explica la etimo-
logía de este nombre, y dice que سبتة *Sebta* es
porque está cercada por todas partes, como si
por Septem hubiera leido Septum; y á mí me
parece muy verosímil, sino es de سبط *Sibta*, que
es lo mismo que قبيلة *kabila*, tribu. Ha sido siempre plaza muy considerable; la conquistó y mantuvo mucho tiempo una familia poderosa de Árabes llamados Bene Hamud, y uno de esta tribu
Muhammed Edris pasó desde Zeuta á España,
tomó á Almería, Raya, poblacion del partido
de Archidona y Málaga, y fué proclamado Rey
de Córdoba con nombre de Almotayed por los
años de 400 de la Hegira, de Jesuchristo 1000.

13 *Tangha*, Tanger.

Tekrur ó *Bekrur*, por la fácil equivocacion ó
falta del copiante en los ápices de ت *te*, ó ب *be*,

cerca de Alhucemas: allí hubo una tribu que se llamaba مقناسة ó مكناسة Meknâsa, que dió nombre á una ciudad.

Bedis es Deirat Bedis en Veled de Gomêra, pueblo y territorio que perteneció á la célebre tribu de Gomeres, que floreciéron en Africa y en España hasta los últimos Reyes moros de Granada. Gomeres, es decir *profundos, que el mar de sus liberalidades no tiene fondo, no se le halla fin; que en el inmenso lago de sus beneficencias se sumergen los menesterosos y no hallan hondo*: así celebran los poetas árabes á los Príncipes dadivosos en sus *Casidât*, poemas de alabanzas: en la historia de Africa se trata muchas veces de los montes de Bedis, adonde se acogian los Príncipes derrotados; y en sus cumbres los Gomares mantenian نار الضيافة دون طارق ليل *el fuego de la hospitalidad por causa de los pasageros que caminan de noche.* Era costumbre de los liberales poderosos de Arabia y de Africa el encender unos fuegos en las alturas para que los caminantes, si querian, se acogiesen á sus casas.

Mezma ó Mezemma, á la embocadura de Nahr-Nocor, ó rio de Nocor.

Melila es Melilla: Abu Becr Razi refiriendo las peregrinaciones de Edris Ben Abdallah por Africa, dice que llegó الي مدينة وليلي من ارض طنجة á Medina Welila de tierra de Tanger: yo creo que se debe corregir la voz وليلي *Welila*, en مليلة *Melila*, como generalmente se ha llamado.

Henin, doce millas de Telimsin ó Tremecen: es pueblo muy bien construido, con un porte-zuelo al abrigo del antiquísimo promontorio lla-mado Μεταγονιον, Metagonium: מות־אגן, ó מית־אגן *Muth-Agun*, voces púnicas, de significacion co-nocida, ميت الجون, que todo es *ensenada del Muerto*: ίσως τάχα Αδωνιδος, que los Siro-Pales-tinos llamaban el Muerto, las fiestas del Muerto, זבחי מתים *zibché methim*, sacrificios de los muer-tos, fiestas de *Baal-Paor*: eran las fiestas de Adonis, que llamaban *Moth* מות, y בעל־פעור *Baal-Paor*, Señor de la pubertad, de la edad florida, de los años verdes: en el canto fúnebre que hizo Bion á la muerte de Adonis le llama el Muerto:

Λέκτρον έχει Κυθέρεια τὸ σὸν τὸ δὲ νέκρος Άδωνις,
Καὶ νέκυς ὢν καλὸς ἐσι καλὸς νέκυς ὅια καθεύδων.

Está, Cipria, en tu lecho el muerto Adonis;
Y aunque muerto, está bello el muerto hermoso:
Está como dormido en dulce sueño.
En suma, Metagonio es ensenada de Adonis: el campo de Henin es fértil de frutas y de miel.

Ben-Wazar, de los hijos de los Visires, esta-ba donde ahora el castillo de la embocadura del rio Bredea.

Wharan, es Oran: Abu Ovaid Cordobes en su Historia de Africa dice que *Oran es ciudad fuerte, abundante de agua, y de muchos jar-dines; que la edificó Muhammed Ben Abdiîn, y compañías de traficantes andaluces.* مدينة وهران

X

حميّنة دات ميات وبسانيين وبني محمد بن عبدوس
وجماعة من الأندلسيين التجريين Y continúa refiriendo sus ruinas y reedificaciones, dice que sus
naturales eran celebrados así por su gran cuer-
po como por su valor : no es fácil de averiguar
si Oran es la *Máſaupa*, ó sea *Máſaupos* de los
Griegos y Romanos.

Mosteganem : el original decia Mostegacem , ڎ
por ڎ : quiere decir, abundante en caza y ganados. Está sobre Nahr-Selef; tiene un buen puerto , buena mezquita y deliciosos jardines, segun
relacion de Ben Sabá ó Sahiba, jóven natural de
Mostagan, que decimos nosotros.

Principio del Islam , esto es, principio de la
religion Musulmana : el tiempo anterior á la religion de Mahoma le llaman جاهلية *Ghehilíjat*,
tiempo de ignorancia , de impiedad y paganismo;
y despues de la ليلة القدر *noche de potencia*,
leilat ólkadri, que es la de 23 del Ramadham,
noche gloriosa *de la descension* ليلة التنـزل
الكتاب en que *baxó* del cielo su *Alcoran* ó parte
de él, ya desde entonces llaman tiempo del Islam, de la religion que *asegura la paz y las gra-*
cias del Criador; que esto significa الاسلام *el Is-*
lam. Nuestro geógrafo dice que la entrada de
Muzá fué en el año 90 de la Hegira, que es la
opinion de Moavia Ben Hexam y otros historiadores. Este año corresponde al 710 de Jesuchristo ; pero esto se cuenta con tanta variedad por
los Árabes como por nuestros escritores ; y se co-

nocé que ñí ūnos ni otros trátaban entónces de escribir.

Gebal-Muza, así llamado por el *Conquistador*. Jardines y vergeles : en nuestra lengua se con- servan las voces árabes جنات *gennêt*, huertos, y بساتين *besatin*, plural de *bastan* ó *baztan*, que los Turcos dicen *bostan* : la primera en el *Gene- ralife* de Granada, que es corrupcion de *Gene- Xarif*, huerto del Príncipe: nuestra voz *jardin* es la Germánica *Gartten*; la árabe جنة *genne* es la misma que la hebrea גן *gan*, y del עדן גן *gan eden* de Moyses naciéron los delirios del جنة النعيم *pa- raiso de delicias* de Muhammed, *huerto frondo- so, debaxo de sus planteles corren claros arroyos.*

Cañas de azúcar y toronjas : estas voces son orientales, y han pasado á todas las lenguas; lo mismo que las de limon, naranja y cidra : أترج de los Árabes es ترنج *torongh*, de los Persas y de nuestra lengua : نرنج *narangh* es nuestra voz naranja; ليم y ليمون es *limon* ; سدرة *sidra*, y سدرات *sidrât* cidras: al fruto de estas llaman نبق *nebik*; y los Musulmanes contemplativos dicen que estos son los árboles de جنات النعيم *Gennet- alnaim*, paraiso de delicias: lo que ellos sueñan de la metamórfosis de las naranjas, και αλλα σιγα.

14 *Beliones* ó *Belyones* es lo que ahora lla- man Belonia. Estrabon mencionó una ciudad y rio en la Bética llamada Βιλών; todo conviene con el pueblo que describe Ptolomeo, y le llama Βαιλων en el promontorio de Menesteo; dice así:

Μενεσθεος λιμὴν... Τὸ ἀκρωτήριον ἀφ' οὗ ὁ πορθμὸς ἐν ᾧ νᾶος ἥρας... Βαίλωνος ποταμοῦ ἐκβολάι... Βάιλων πόλις...
Puerto de Menesteo, el promontorio de quien el puerto en donde el templo de Juno... Bocas del rio Bailón... Bailón ciudad. Todo esto provino del púnico בעל יון *Baal Jón*, Baal de Grecia; y los Romanos acomodáron este nombre, el templo y culto á su Juno.

Almina, la Almina de Zeuta: es la mayor altura de Zeuta, donde llaman ahora monte del Acho: los Moros la llaman la Almina; y tambien la conocen por صخرة المرسي *Sahrat al Mersa*, sierra del puerto : *Gebal Almina* es monte del fuerte.

Abi Amer, Príncipe de la tribu de Bene-Hûd, que dió Reyes á Granada, y mantuvo mucho tiempo el señorío de la costa de Africa, que está enfrente del Reyno de Granada : yo creia que este Príncipe habia pensado trasladar la ciudad al sitio que llaman Zeuta la vieja.

Sebta: ya he dicho que la opinion de nuestro geógrafo es que Zeuta se llama así porque era Septum, cercada por todas partes; y es bastante verisimil, pues muchas antiguas ciudades tuviéron el nombre de בדירות *Gadiroth*, setos, vallados por la forma de su fortificacion, como la Gadira de Oriente en Palestina, y Gadira de Hércules en España.

17 *Bahr-Alzakak*, mar del Estrecho: ya dí razon de este nombre : en nuestra lengua se ha

viciado la pronunciacion árabe , y decimos Al-
fakes por Alzakes.

Bahr-Bosul, como si dixera , *mar ardiente* , iracundo : entre los Orientales se usan aplicaciones
y epitetos muy descomunales... Un hombre es-
forzado y animoso en la guerra se llama صلا
بالحرب *Salá-bilharbi* , *tostado en guerra* ; quiere
decir , ardiente , denodado , suelto , avezado á los
combates : nosotros tenemos en español un idio-
tismo semejante , acaso venido de este árabe : decimos de un hombre diestro en negocios de di-
ficultad , fulano está muy cocido en esas cosas:
por eso no es extraño que digan mar ardiente por
bravo , inquieto &c. , pues le llaman غاشوم trai-
dor , pérfido , ظلوم tiránico , injusto , cosas propias del género humano.

Texmex es la que llaman Táximûx ; como quien
dice تشموش תשמוש ἀλιόκαυσα , asoleada , tostada
del sol שחרחרת *shechar-choret* , que decia *la* نظرة
الكروم العين גדי *que guardaba las viñas de la
fuente del Cabrito.*

Alcázar de Abd-el Kerim : es el nombre del
Príncipe que edificó ú mejoró la fortaleza de *Alcázar Kivir* , el que está cerca de l'Arache. *Alcázar Saguir* , ó Alcázar pequeño , es el que nuestro geógrafo llama de Masmuda : el nombre de
Abd-el Kerim es propio de grandes personages,
y de los Visires y privados de los Soldanes ; pero
no indica familia ni tribu determinada.

Azila : se escribe este nombre por ص y por ز

sin diferencia; pero lo mas general es ازيلة Azila
Αζιλα ó Αζιλις : es Arzilla cerca de Tanger.

Rio Safarda es el que los Moros llaman Wad-
Arahian , que nace en *Gebal-Zebib.*, ó monte de
adibes ó lobos : en el nombre de este rio se notan
las radicales de ἑσπερίδα hesperida נהר של ספרדיא,
que en griego conservando las mismas radicales
pudiera decirse : ὁ ἄναυρος τῶν ἑσπερίδων, el rio de
las Hespérides.

Hisn-Tetewan, fuerte de Tetuan : en la voz
Hisn حصن he seguido la pronunciacion que se-
ñala el Gehuari en Golio, y la que seguian nuestros Moros حصن ; y en plural حصن *hosn :* esto
se nota en los nombres de algunos pueblos de
España, *Hisn-Alloz* , *Hisn-Atoraf*, *Hisn-Ajar*:
en el Dialecto samaritano que conserva mas que
el ebreo las formas árabes , se dice הסן *hisn*,
muro: nuestro Pedro de Alcalá dice Hizan, y
así dicen en Tanger.

18 *Albarbar*; de Berbería, de los pueblos de
Africa: los Árabes llaman Bárbaros á quantos no
son Árabes ; y lo mismo los Griegos y Romanos á los de otras naciones: de aquí proviene la
voz Bárbaro, y Βαρβαρίζειν; el orígen es בר ó بر,
tierra , campo, de ברא *producir, criar* ; porque
la tierra produce se llama בר ,بر; y en español
barro: بحرا وبرا es *por mar y tierra*.

Anzelan , donde está Tivosa : falta la distancia de Anzelan.

Veled-Gomêra son las poblaciones de la costa

de Africa, en frente de Málaga, propias en otro
tiempo de la ilustre tribu que las dió nombre : se
llamaban فمرات اضي *Fratres* *Gurgitum* , profundos.

Fês , ó sea Fêz , capital del Reyno de este
nombre : omito las fábulas de su orígen y grandeza, que cuentan los Moros ; que quando tratan
de sus ciudades , todas son fundaciones de hé-
roes, de señores de todo el mundo &c. ; enfer-
medad que pegáron á nuestros historiadores de
ciudades. Nasir-Eddin , y lo mismo Ullug-Beig
dicen lo cierto فاس دار الملك بالغرب : *Fês* , *Corte
del Rey en Occidente.* Aquí debo notar que no
es cierto lo que dice Casiri en su Biblioteca es-
curialense , que por الغرب *Algarb* entienden siempre Occidente de España , y por المغرب *Almagreb* el de Africa : lo general es usar ya de la
una ya de la otra sin diferencia. El mismo Casiri dice al propósito de Fês, que la fundó Edris
Ben Abdallah quando huia de Almansûr Abu Gia-
far ; y con esto queda muy satisfecho , sin con-
siderar que en esto hay un enorme anacronis-
mo : era ya muy antigua Fês antes de Muhammed Annabi de los Musulmanes , y Josefo en sus
A. J. mencionó á Φούθ , ciudad de Mauritania , y
ἴσως τάχα el Profeta Nahum se acordó de ella ,
quando hablando á Ninive la ofrece el exemplo
de No-Ammon : cuenta sus regiones y ciudades
aliadas, y dice: פוט ולובים , *Fût* y *Lubim* , Fez y
Libia &c.

Tifises , pueblo muy antiguo : está enfrente de Marbella : el nombre parece púnico de חפסץ, por circunstancias que ignoramos : Plinio y Victor de Utica le mencionan.

Tezka , ἴσως ha de ser *Tarka* mudada ז *z* en ר *r*, fácil en la escritura árabe.

Mostasa conserva su nombre : está enfrente de Fuen-Girola, cerca de Fagaza, y no distante de Cala de Iris.

Kerkal á la embocadura de Nahr-Kercura, que con poca variacion es en lengua púnica rio de las ranas. קורקורא *Kurkûra* , segun Apuleyo , es la rana.

Badis , la misma que Bedis sobre Nahr-Gomêra : sus montes , como ya he dicho , son célebres en la historia de Africa : en Egipto , en Arabia y en Africa hubo ciudades con este nombre *Badûs* y *Badîs*. Leon de Africa , ó por mejor decir , de España , pues era español , dice que nosotros la llamamos Velez de Gomêra ; y no sin razon , pues era pueblo de Gomêra.

Buzcur ó *Tezkur* , por la fácil mutacion de ب *b* , y de ت *t* quando las copias no son exâctas. بوزكور *Buz-kur* es como decir mala tierra, pais despreciable ; está enfrente de Almuñecar : aquí corregí un مس por un بيس ; pero las correcciones como esta son muchas.

Alagraf: me parece que corresponde á la punta que llaman Georf, cerca de Cala Tuke y de Cala Zera.

Mezma ó *Mezemma* es Deira'l Mezemma : riega su término Nahr-Nocor : este pueblo se ha
levantado muchas veces de sus mismas ruinas, y
ha resistido muchos siglos á la asolacion de la
guerra.

21 *Wad* واد , rio, que parece ser el que des-
agua en el llamado Nahr-Bokira, que dicen por
corrupcion Tar-Fokira: la voz *Wad* propiamente
denota *valle*, profundidad por donde corren aguas,
hondonada húmeda, de יאר , *destilar , evaporar,
salir humedad* : en significacion de *valle* , dicen
los Árabes así : تخف ليل واعضام الوادي *teme la
noche y las profundidades del valle* : nuestros
Moros limitáron esta voz á la significacion de *rio*,
como se nota en Guadamexud, Guadiela, Guadiana , Guadalabiad , Guadalete , Guadaroman,
Guadalkivír, Guadiaro y otros muchos , de cu-
yos nombres no me quiero acordar. Es notable
la armonía de estas lenguas en las voces נהר نهر,
שר ,טורטור , על על ,سفل ,עסק עמק ,נהל نهل נהל,
y צר סור , صور سور , y otras que denotan corrientes,
alturas , valles , fortalezas &c.

Puntal de Cabo tres forcas , enfrente de Isla
Alboran, ó *de los Pozos*: la expresion que tra-
duzco *entra en el mar* , en árabe dice *sale en
el mar* ; pero no me parece tan castellana como
la otra.

Mersa Kerat es lo que decimos *Cabo Kilates*;
 كرط *Kerat* es lo que los Griegos llaman κεράτιον
καὶ καρούβια , *Kerate* , y خربية *charubia* , algarro-

ba , un grano de algarroba : los Árabes para hacer las divisiones de sus مثقال *mithcales* ó pesos,
los parten y comparan con granos de semillas conocidas , granos de *algarroba* , de *cebada* ú de
trigo : y nosotros de sus divisiones tenemos los
nombres de *adirhames* ó adarmes , de *kirat* qui-
late ; de *hab* , grano , decimos avo ; pero esto no
es para este lugar.

Saá , rio que corre hácia Garet , y entra en
Nahr-Mulua : este nombre es de los púnicos שעזן,
es purificador , alimpiador , *lavadero* ; y de aquí
مشع , sitio puro , limpio , raso que decimos : el
morisco Assed Ifriki dice que este rio es muy
claro y profundo.

Melila , Melilla.

Acarsif es sitio de montañas : la voz puede interpretarse *campo de la Espada*, اكر سيف *Ekar-
sif* , אבר שיך , ἀγρὸς ξιφοῦ , *ager Ensis*.

Esta isla ó islote puede ser alguna de las Za-
farinas.

Tefir-kenit , *Pasto-fuerte*.

Medina Gherawa, esto es , גירי אווה *mansion
de advenedizos* , *congregacion de forasteros* : este
nombre es de los restos de la lengua púnica , como el de nuestro Gerion , que es גיר יון *Gir-jon*,
el extrangero ú advenedizo Jonio ; esto es griego : y גירי היונין *Gire-hajonin*, colonias griegas.

Munia-Saguir , fortaleza pequeña : ambas voces se conservan en español , la primera en *Almunia* y *Almena* : la voz en su expresion ori-

ginal indica una fortaleza que *impide y rechaza*
á quien intenta entrarla ; una fortificacion *inac-*
cesible : la segunda en el *saguir* , *zaguer* y *za-*
guero , el inferior , el que va detras de otro. El
Rey Chico decian los Españoles al que en Granada llamaban el *Saguir* الصغير.

Tabeherit ; ha de decir *Tabekrit* , ك por ج , que
en los manuscritos y en medio de diccion es fácil tomar una por otra : lugar pequeño sobre una
roca, en los montes vecinos, que son muy altos
y frondosos , hay muchos colmenares; los de la
tierra son gente industriosa y aplicada , pero muy
rústica.

Henin: ya he dicho que estaba en el cabo de
Hona , y que se llamó promontorio Metagonio,
que restituida esta voz á su orígen púnico es la
ensenada de Adonis : *Mita-gón* מיתא אגון es lo
que en ebreo מות אגן , y en árabe ميت الجون
seno del Muerto. Ahora hay allí un lugar pequeño con un puertezuelo muy bien defendido;
en otros tiempos el lugar estuvo mas floreciente;
pues dice el Ifriki que cada casa tenia su jardin
y fuente; ahora quedan solo señales , y muchas
higueras y rastros de las viñas y olivares.

Tilimsan ó Telmesan es la que llamamos Tremecen, ciudad muy conocida, capital de la provincia del mismo nombre : ha pertenecido á varias tribus poderosas , á los Beni-Abdel Wagid,
á los Beni-Zeyân , Beni-Merin: á esta provincia
pertenecian los puertos de Oran y Mersa-alkivir.

Nedruma ó Ned-Ruma se conserva en su mismo sitio y con su antiguo nombre : los Árabes dicen que se hizo de las ruinas de Siga la Corte de Sifax , Rey de Mauritania ; á mí me parece de los tiempos del Imperio púnico , como manifiesta su nombre : נאדרומא , ó bien נדרמא , no es Nueva Roma , como creian los Árabes , sino *collado alto* : el de Siga es de la misma lengua, סיגגא *sigga* , ó bien סיגא es equivalente de גדירא Gadira ; y lo mismo que سياج *sepes* , *vallado, seto* : هدمت سياجها *destruiste su vallado* : éste nombre convenia á los muros de entonces : el terreno es abundante de frutas y miel ; dista del Mediterraneo doce millas.

22 *Alordania* ó Alwardania á la embocadura de Nahr-Tafna , ἴσως donde Takumbret : el monte Wardan es muy celebrado de los Moros por sus excelentes olivares , especialmente en las caidas hácia Nahr-Nocor.

Gezirat-Alcascar , que ahora llaman *Ras-Alkintar* , *cabo de Puentes* , el islote de cabo Figalo.

Arscul , que otros llaman *Arsgol* ; está sobre un peñasco rodeado del mar Mediterraneo : perteneció á las tribus de Bene Edris , Bene Hamud , y á los de Bene Sanhaga : ahora está muy arruinado.

Gezirat Alganem , isla de la caza , de los ganados : en el original hay un *Gezair* plural , que sospecho de su correccion ; sin embargo no he querido enmendarle.

Aslan , fuerte de los Leones , y con otra escritura *de los Bosques* : alguna vez sospeché si
اسلان *Aslán* estaba puesto por اثلان *Athlan* , el
ᾌΤΛΑΣ *Atlas* ó Atlante, el célebre monte de Africa , que Herodoto llama κίονα οὐρανοῦ , *columna del*
cielo : Solino dice que los Africanos le llamaban
Dyrim. Eustasio dice : ὅᾌΤΛΑΣ ὁ κατὰ Ϛαρϛάρους
Δύρις , *el Atlas que los Bárbaros llaman Dyris,*
esto es טור, طور *tûr* , *monte* , *altura* , *término ó*
fin de montaña : los Árabes á la ave ó fiera montés ó de selva suelen llamar طوري *turi montés*,
y طوراني *turáni silvestre* , *montés* , de donde nosotros decimos *paloma turana ó zurana* , por *pa-*
loma montés : este célebre promontorio Atlántico
estaba donde dicen *cabo de Alguer* , esto es,
راس الجبر *Ros-Alguer* , *cabo ó cabeza del pie*
del monte , que es la propia escritura y verdadera significacion de este nombre.

Alan , ha de ser *Aslan* : los Persas y aun los
Turcos quando hablan de un hombre valiente le
comparan á un leon , y dicen:

ادم پاسبان درویش است اسلان#

Edém pasbán derwish est aslán : *el hombre de-*
fensor del pobre es leon : y no hay cosa mas comun entre ellos, que decir *aslán* , *caplan* , *leon,*
tigre.

Difali es cabo de Adelfa: *difla* dicen los Árabes , y nosotros *adelfa* , á la ῥοδοδάφνη , *rosa lau-*
rina , que segun Ben Beitar el Malagueño , y
Damir , es سم الحمار *sim-alhimár* , *veneno de asno.*

Alharxe es *Ras-alharsfa*, cabo Falcon.
Wahran ya se ha dicho que es Oran.

25 *Alanklisin*, *mar de los Ingleses* : así llamaban al océano Cantábrico, porque está hacia
Inglaterra. En el nombre de *Romanos* ó de *Ar-*
rûm الروم entienden los Árabes á los Européos.
En el Isfahani el Rey Ricardo de Inglaterra se
llama ملك الانكتر *Melik al-Enkiter*.

Kenisat-Algoráb, *la Iglesia del Cuervo* : كنيسة
de כנימא de los Caldeós, ó כניסתא *Sinagoga*,
Ayuntamiento, *Congregacion*, *Iglesia* : *del Cuervo*
الغراب esto dicen que se funda en cierta tradicion de la vida de San Vicente, á quien sus-
tentó un cuervo como al Profeta Elías en el desierto : yo he creido que este Cabo de San Vicente, antes llamado Promontorio Sacro, se llamaria el templo de Occidente, de الغرب Algarb;
aun en la lengua púnica ערב Ereb es *la tarde*.
ἔρεβος, μέλαν, ἅιδης, *erebo*, *negro*, *obscuro* ; y en
este punto de Occidente estaria el templo de Plu-
ton, ναός ἅιδου בית ערב, ó fuese כניסא של ערב
Iglesia del Erebo, *et sine luce domus*, que decia
Virgilio : en los poetas griegos se menciona el
ἑσπέριος ἅιδης, *el Pluto Esperio*, que puede ser el
venerado en este sitio, que miraban los antiguos
Griegos y Romanos con religioso horror. Entre
los antiguos el cuervo que se ofrecia por la banda izquierda era de mal agüero ; y lo mismo
cuentan los Árabes y Persas del غراب البين *Go-*
ráb-ul-bein, *el cuervo que interviene á deshora*.

Heikal-al Zahirà, هيكل الزهرة es היכל וזהרא
el templo de Venus : en Cabo de Creux , cerca
de Colibre, llaman tambien *Port-Vendres* , *Puerto
de Venus* : los de Rosas parece que edificáron allí
un soberbio templo á la diosa de los Amores: los
Árabes la llaman *zahira* , *florida* ó *florencia;*
acaso tomáron este nombre de los Egipcios, que
la llamaban شهرة σαρθ , equivocando el nombre
que los Siro–Caldeos daban á la luna סהרא *sahra,*
ilustre , *brillante* , *clara* , por la fácil corrupcion
de estas voces , y porque los Árabes no han cuidado mucho de la mitología griega ni romana:
entre los infinitos nombres que los idólatras orientales diéron á Venus , ó sea á la estrella del alba , uno muy antiguo es el *Anahida* de los Persas : اناهيدة en otros ناهيد *Nahid* , que Platon
en su Timeo llama Ναιθ *Naith.* El nombre poé-
tico que la dan los Persas considerándola como
Lucrecio madre de los amores , de las delicias , y
de las amenidades de la naturaleza, es نار بستان
Narpestàn , que no puede expresar una palabra
sola , *puniceis et rotundis et tuberantibus mam-
mis pradita puella* , que los Turcos interpretan
ينشمش قيز *Jith-shemsh-kyz* , *adulta fervens
virgo.*

Sant-Jacûb ó *Sant-Jacòb* es Santiago. , viciada la pronunciacion y la escritura de este nombre oriental יעקוב : los Árabes escriben يعقوب ;
nuestro geógrafo escribió ياقوب por ا en vez de ع :
de Sant-Jacòb viene nuestro Sant-yago y San

Diago ó Diego. El nombre de Jayme ó Jaume tiene el mismo orígen : los Árabes quando tratan de nuestro Don Jayme de Aragon, no le llaman Jacùb, sino جايمس *Gháymes* : he visto algunas escrituras otorgadas por Moros de Aragon: بارئون السلطان بطره بن الهونش بن جايمس *en Aragon el Rey Pedre Ben Alhôns, Ben Gháymes.*

Almería, ciudad bien conocida : su nombre árabe significa *mirador , atalaya* , lo que los Griegos decian σκοπία , y los Romanos *specula*: los Moros de Granada decian que tenia este nombre مرية البحر لأنها *porque es Mería , Albahri, espejo del mar.* Los Reyes Moros de Granada la estimaban como la mas preciosa joya de su corona , así por la fertilidad de su suelo, como por sus manufacturas y tráfico por mar : sus frutos y texidos salian para Africa , Egipto y Siria, y sus corsarios eran el terror de los Catalanes y Pisanos.

Alxara : deberia escribirse الصحرة *Alsahra ,* de donde viene nuestra voz *sierra* , nombre general de varios montes de España, como Sierra Morena , Sierra de Cuenca, Sierra de Molina , *Gebal-Alxara,* جبل الصحرة, que es como quando los Árabes dicen حبـل منـت *Gebal-Mont , ó Mont Gibel ,* voces que ha producido la mezcla de dos lenguas : estos montes son los que salen y se derraman desde los Pirineos por casi toda España; y particularmente trata del crecido Gajo , que desciende del Pirineo , y pasa de traves gran parte de España.

Tolaitola: así llamaban los Árabes á Toledo : Ptolomeo la llamó Τώλητον, y los Romanos *Toletum:* me parece que su antiguo nombre fué טלע תום طلع تمّ *Tole-tûm*, *altura perfecta, atalaya grande:* él sitio me ofrece esta conjetura, y el notar que los Árabes parece que pensáron de la misma manera : طلعة طولة *tola tula*, es atalaya grande, de largas distancias: fué capital del Reyno, y muy floreciente en tiempo de los Moros; nuestro geógrafo la considera como *centro* مركز מרכז de toda España.

, *Corteba*, la célebre *Corduba* de los Romanos: esta ciudad ha mantenido siempre su nombre: Ptolomeo la llama Κορδύβη; el nombre es fenicio קרטובא *Kartuba*, abreviado de קרתא טובא *Karta tuba*, *ciudad buena, preciosa, rica* &c. Los Árabes no desfiguráron su nombre قرطبة *Corteba:* ha sido capital del Imperio musulman en España quando los Árabes eran mas florecientes en ella: fué Corte de los Reyes de las tribus de Beni Hamud, de los Meruanes, Ommiades, Ghiahuritas, Abazidas, Almoravides y Almohades : era la mas célebre Academia de los Moros, y sus profesores estimados en las de Basora y Cúfa, y en las de los Judíos de Naarda, Sora y Pombedita: en ella se enseñaba *gramática, poética, retórica, proverbios, historias y lenguas :* á todo esto llaman الداب *adâb, doctrinas, erudicion;* propiamente humanidades, ó lo que decimos ahora *bellas letras.* El nombre de *Córdoba* es famoso

en las historias árabes, y Nasir-Eddin y Ullug-
Beig la ponen en sus tablas : قرطبة المغرب في
دار از ملك الأندلس *en Occidente Córdoba , capital
del Rey de España.* La Mezquita famosa edifi-
cada por el poderoso Abd el-Rahman se conserva hecha catedral ; era el tercer templo que ce-
lebraban los Musulmanes. Primero la antiquísima
casa de Meca , *beit llaki Alharam , casa sagrada
de Dios , caava ó quadrada ,* por su figura : el
segundo *beit Almakdis , la casa Santa , alkibla
al Muzá, la kebla de Moysés ,* que la de Meca
se llama *kibla de Muhammed* ; y por otro nombre á Jerusalen llaman *beit alaksa , el templo
apartado :* y el tercero la *Mezquita de Abd-el
Rahman ,* que nuestros historiadores llaman *Ab-
derramen,* que es como oian decir á los Moros: la
القبلة *alkibla* es la parte delantera, esto es, aquel
punto que se ponen hácia él para sus *azalaes* ú
oraciones. En España es hácia el Mediodia ; en
nuestras leyes Alfonsinas , p. 3 , tit. 11 , l. 21,
se pone la fórmula del juramento que se exîgia á
los Moros , la que dice así : el Moro vuelto hácia
el Mediodia , alzará su mano , y será conjurado:
¿*Júrasme tú , fulan Moro , por aquel Dios que
non ha otro si él non , aquel que es demandador
é conocedor é destruidor é alcanzador de todas
las cosas , é crió esta parte de alkibla,* القبلة *contra que tú faces oracion....?* Continúa conjurándole
por todo lo mas sagrado para los Musulmanes , y
que *no tenga parte en ninguno de los paraysos &c.*

Lisbona, el exemplar romano tiene *Esbona*, ⌐ por J, fácil falta de manuscritos: en Antonino se llama *Ollis-inpone*, y *Ullis-ippone*. Ptolomeo tiene ὅλιος ἱππῶν, Estrabon ὑλύσσυα : todas estas variedades naciéron del descuido y desprecio con que los Romanos y Griegos miraban la lengua y literatura de los Españoles, y de los Púnices sus enemigos: los procuraban hacer odiosos por todos medios, y los notaban de lenguage bárbaro é inhumano : el Cónsul Varron, despues de la terrible batalla de Cannas decia de los vencedo-res Penos, y de sus aliados los Españoles: *Pæn-nus hostis, ne Africæ quidem indigena, ab ul-timis terrarum oris, freto Occeani, Herculisque columnis, expertem omnis iuris et conditionis et linguæ prope humanæ militem trahit. Hunc na-tura immittem moribusque ferum, insuper dux ipse efferavit pontibus ac molibus ex humanorum corporum strue faciendis.* De manera que se des-deñaban de citar los nombres de sus pueblos por-que disonaban á los oidos romanos y griegos; pe-ro en los que mencionan queda campo abierto á las conjeturas etimológicas. El nombre de *Ulisippo* me parece compuesto de dos voces fenicias עילית עיבא ὑλιθ-ίϹϹὰ *Ulit-ibbo*; porque en formacion sa-marítica por la א final se escribe y pronuncia ו, que quiere decir *alta guarida*: he usado esta voz antigua nuestra por mejor expresar la propia signi-ficacion de la voz oriental. Acerca de la primera diccion no hay duda; su radical עלה y sus de-

rivaciones son muy conocidas: la segunda עִיבָא
significa propiamente *sitio defendido por naturaleza , como gruta en peñascos , cueva rodeada
y cubierta de frondosidad y de maleza.* Quando
les ocurrió á los del Sinedrio Alexandrino esta
voz traduxéron σπήλαιον *spelunca , cueva , gruta;*
les ocurrió el plural de la misma עָבִים, y traducen ἐζυγωμένοι *conjuncti, unidos, apiñados, espe-
sos , robustos :* en árabe عبا , que es la misma
radical , significa la *disposicion de los esquadro-
nes ,* una *falange unida y compacta,* radical equivalente de בוא, אבה בּוﺍ, que es *habitar juntos en
familia :* esta de אָהָל *ohal* اهل, que es lo mismo , *familia , tribu, gente ,* aunque su significacion primitiva es *choza, pabellon, tienda;* y despues ha pasado á denotar la τάἸρία, ó bien φράτρια,
gente ó familia que vive junta. En un Glosario
árabe he notado والمبوﺍ اي المنرل والدار , y סבוא
es *mansion y casa:* de manera que עָבָא, אבָא, אמָא
son equivalentes de אָהָל اهل, φράἸρια *tribu, familia , pueblo.* Sirven estas conjeturas, y son aplica-
bles á varios otros pueblos de España , especialmente de la Bética , que tenian nombres termina-
dos en *ippo ,* como *Acinippo , Besippo , Ostippo,
Urippo , Ventippo;* y al oir estos nombres y sus
terminaciones, me parece como quando en griego se dice *Nicópolis , Neápolis , Adrianópolis ;* y
en Aleman *Philipsburg , Friderichsburg , Leo-
poldsstat , Carolsstad.*

26   *Gaka* es *Jaca,* la ἰαχχα de Ptolomeo , ca-

pital de los Jacetanos : está á las faldas de los
montes Vascos , y su nombre corresponde tal
vez á la antigua lengua del pais : si fuese púnica
קדה , es *junta de agua ó de gente* : si fuese de
יקע وقيع , *caida , descenso.*

Valensia , la de los Edetanos que refiere Plinio , no la que mencionó Ptoloméo , que es la
de Galicia. Fué Valensia capital del Reyno de
su nombre : reynáron en ella de las tribus de
Ben Amerin y de Meruan , y de otras de menos nombre. Cuenta Ben Amir en sus claros Varones (manuscrito árabe de S. M.) *que quando
la ganó el Cid Campidhur , que decian los Moros , entró en la ciudad por capitulaciones y se-
guridades que ofreció á su Gobernador , las quales no guardó el Cid ; y porque le negaba tesoros que decian tener escondidos , le quemó vivo
en la plaza en tan horrible hoguera , que los mas
apartados se quemaban la cara.* Nuestros historiadores no dicen eso de nuestro Ruy Diaz el
Castellano : despues tornó á poder de los Moros hasta que la conquistó D. Jayme de Aragon.

La mesa de Soliman : sobre él la paz. Los
Árabes añaden esta especie de bendicion quando mencionan algun Patriarca ó Profeta: de los
demas heroes de buena memoria , aunque sean
los de la gloriosa *Asihaba , ó Compañía del men-
sagero de Dios ,* que dicen á su Muhammed ó
Mahoma, entónces dicen رضي الله عنه *Radhia'llah
an hu , complázcase Dios de él.* Esto de la *Mesa*

es una fábula morisca repetida por varios escritores quando tratan de la conquista de España,
nuestro geógrafo dice que se halló en Toledo;
Ámid el Makin parece que pensaba lo mismo,
dice así: في سنة ثلث وتسعين فتح طارق الاندلس
وطليطلة وخمل الي الوليد بن عبد الملك
مايدة سليمان بن داود وهي من خلطين ذهب
وفضة و عليها ثلاثة اطواف من لولو *en el año 93*
conquistó Tarik la España y Toledo, y llevó á
Walid Ben Abd-el Melik la Mesa de Soliman
Ben Dauid, que era compuesta de oro y plata,
y sobre ella tres orlas de margaritas. Ben Alketib, el Ifriki y otros la repiten con poca variedad; y nuestro D. Rodrigo la refiere, y dice,
que el hallazgo se hizo *in villa quadam quæ*
arabicè dicitur Medinat-al Meyda, latinè autem
interpretatur civitas Mensæ, et erat juxta mon-
tem qui adhuc hodie dicitur Gibel Zuleman, et
imminet Burgo Sancti Iusti : en cierto pueblo que
en arábigo se llama مدينة المايدة *Medinat Al-*
meyda, que en latin se interpreta ciudad de la
Mesa, y estaba cercana del monte que aun hoy
se llama *Gibel Zuleman*, cuesta de Zulema, que
está sobre el Burgo de San Justo : tal vez este
cuento ha producido los que en Alcalá de Henares, que es el *Burgo de S. Justo*, se refieren
de la *cuesta de Zulema*, de la *tabla pintora*, y
del encantado *Moro Muzarake*. Los Orientales son
muy dados á estas relaciones maravillosas : la isla
de Seren-Diw ó Zeilan-Diw, el monte Rahon

en ella y el pico de Adam , la planta de nuestro
primer Padre allí estampada , las historias de Fer-
dusi , de Ben Batrik , de Ahmed Hishen estan llenas de cosas por este estilo , que recrean las aca-
loradas imaginaciones de los Orientales , y que
han sido la causa de que á nosotros no nos fal-
ten historias caballerescas , fábulas , cuentos , y
consejos ó patrañas de este jaez. Es de notar que
los Árabes quanto descubren de maravilloso y
antiguo lo atribuyen á Salomon ó á Iskander,
como los Persas á Anuxirwan ó á Feridun : entre
nosotros los grandes puentes , los aqüeductos y
anfiteatros , restos de la grandeza romana ó púnica , el vulgo suele decir que los hizo el diablo
mediante ajuste con el arquitecto , que desespe-
raba salir con su obra , y otras infinitas sandeces.

Alxarrat , de que ya he dicho es la sierra que
divide las dos Castillas , que llamamos *puerto* ó
sierra de Guadarrama , que es corrupcion de
وَاد الرملة *Wad-arramla , rio de la Arena* ; y
de aquí nos quedó la voz *rambla* y *ramblizo*,
que en su orígen es arena , y arenal que arras-
tró la inundacion : por genio de nuestra lengua
entreponemos una *b* en las voces árabes que tienen *l* ó *r* , precedida de *m* , como se nota en
رملة *ramla , arena* , decimos *rambla* , الحمرة
Alhamra, roxa, decimos *Alhambra* , زمرة *zamra*,
música y bayle , decimos *zambra*. Pasando por
Guadarrama un Visir del Rey de Córdoba llamado Abdalla Ben Moheb, Sevillano, mejor poe-

ta que Visir, y mas enamorado que Calainos,
oyó en aquellos valles los gemidos de una paloma, y llamó á este sitio *Wadilhamima*, *valle
de la Paloma*; y como él iba embebido en sus
pensamientos amorosos, hizo una lamentacion
muy celebrada entre los Moros llamada *Bukket
alhamima*, *llanto de la paloma*, apreciada por
lo mejor de las composiciones de *Gazelia*, ó
amorosas : llamaban á esta composicion هاشـيـة
القلب esto es, *desmayo del corazon*, *animi deli-
quium:* tan famosas eran las poesías de este Moheb, y las de otro Andaluz llamado Abil Walid
Ben Zeidun, que se cantaban y sabian de memoria en los palacios de los Sultanes de Arabia
y de Persia : Ahmed Arabsya en su historia de
Timur para ponderar las excelentes poesías de
un Príncipe del Turkestan, dice وبنـشـي فـي
الزيدونية القصايد ينسي ما جبيبته y *cantaba á su
amada versos que hacian olvidar las poesías zei-
dunias*, que con este nombre se conocian : *Di-
van Alziduni.*

Esbania llama á *Castilla la nueva*, y *Castella*
á la que desde el tiempo de los Godos se llamó así, y nosotros la distinguimos con el nombre de *Castilla la vieja*: luego principia á tratar
de los *climas* ó *partidos* en que por comodidad
divide las provincias ó territorios, y principia
desde las costas del Océano.

Gezira-Tarif es *isla de la Punta*, nombre
que se conserva en Tarifa.

Gezira-Alchadra , isla Verde , ó de la Verdura; ahora de las Palomas, delante de Algeziras.

Gezira-Cades , isla de Cádiz ; la célebre y
antigua Gadir , גדיר fundacion de los Fenices:
no me parece fuera de propósito notar aquí lo
que Dionisio Africano , y excelente poeta Griego, decia de nuestra Gadir.

ὑμεῖς δ᾽, ὦ μοῦσαι, σκολίας ἐνέποιτε κελεύθους
ἀρξάμεναι ϛοιχηδὸν ἀφ᾽ ἑσπέρου Ὠκεανοῖο
ἔνθά τε καὶ ϛῆλαι περὶ τέρμασιν ἡρακλῆος
ἑϛᾶσιν, μέγα θαῦμα παρ᾽ ἐσχατόωντα γάδ᾽ειρα,
μακρὸν ὑπὸ πρηῶνα πολυσπερίων Ἀθλάντων
ἧχί τε καὶ χάλκειος ἐς οὐρανὸν ἔδραμε κίων
ἠλίβατος , πυκινοῖσι καλυπτόμενος νεφέεσσι.

Decidme vos , ó Musas, los caminos
Difíciles, por órden comenzando
Del hesperio océano, firme asiento
De las columnas términos de Alcides:
Extraña maravilla, en los extremos
De Gadira debaxo la alta cumbre
Del esparcido Atlante: allí á los cielos,
De metal se levanta una columna
Sublime , que se oculta en densas nubes.

Solino dice de ella : *in capite Bætica , ubi ex-*
tremus est noti orbis terminus , insula à conti-
nenti septingentis passibus separatur quam Tyrii
à rubro profecti mari erythræam, Pæni lingua sua
Gadir , id est sepem nominarunt. In hac Geryo-
nem habitasse plurimis monimentis probatur ; ta-
metsi quidam putent Herculem boves ex alia in-

sula abduxisse quæ Lusitaniam contuetur ; sed Gaditanum fretum à Gadibus dictum : esto es, en el principio de la Bética, donde es el último término de la tierra conocida, hay una isla dividida de tierra firme setecientos pasos, la quál los de Tiro viniendo del mar Roxo llamáron Eritrea, los Púnices en su lengua la llamáron Gadir, que es lo mismo que seto : por muchos monumentos se prueba haber habitado en ella Gerion, aunque algunos piensan que de otra isla que está frontera de Lusitania traxo Hércules las vacas ; pero el estrecho Gaditano tomó el nombre de la isla Gadir. Parece que Solino copió algunas memorias púnicas, hasta la expresion de *in capite* por בראשית *en el principio* es oriental, despues la interpretacion de גדיר *Gadir* es muy exâcta, *Gerion* גרי היון, y *Hércules* הרוכל *Harokel el traficante* : y ¿qué otra idea ofrecen las peregrinaciones de este héroe? El templo de Hércules, el llamado מלך קרתא *Melcrato*, todo esto es púnico ; y quando estas memorias faltaran, las monedas que se hallan en toda la costa son manifiestas pruebas del orígen oriental de nuestras antigüedades. *Gadir* se pronunció *Gadis* y *Cadis*, como de *arbor* se dixo *arbos*.

Hisn-Arcos, fuerte de Arcos : conserva el nombre de *Arcos*, cerca de Xerez sobre el Guadalete.

Beka, es Vejer de la miel, sobre *Nahr-Barbet*, que decimos *Barbate*, ἴσως la antigua Mellaria, como si Vejer fuera Abejar.

Xeris, *Xerez*; célebre porque á las orillas de
su rio Guadalete se perdió la batalla que deci-
dió la suerte de España en la entrada de los Árabes. La relacion mas general que cuentan los
Árabes es esta : وقام الوليد بن عبد الملك وهو
الذي افرد موسي بن نصير بولاية افريقية واغـزاه
المغرب الاقصي. واجاز البحر مولاه طاريق ابـن زباد
فنزل الجبل المنسوب اليه يوم الخميس خـلـون
من رجب سنة اثنين وتسعين وانـشـرت غـارة
المسلمين وزحف اليهم اذريق ملك الروم فكانت
به الوقتعة علي نهر لك من اجواز شريش وقتل
esto es : فيها و استنب فتح لالاندلس *Alzóse con el*
mando Walid, hijo de Abd-el Melik, y fué quien
envió á Muzá Ben Nasir por caudillo de Afri-
ca, y sojuzgó todo el Occidente último, y pasó
el mar su Teniente Tarik Ben Zeidd, y ocupó
el monte llamado de su nombre el dia 5 de la
luna de Regeb, año 92; salió contra las hues-
tes musulmanas, y peleó con ellas Edhrik, Rey
de Arrum, y fué con él el combate sobre Nahr-
led de los términos de Xeris, y fué muerto en
ella, y se consiguió la conquista del Andalus.
En otra relacion de Ben Alcutia, que dice lo
mismo, se añade una particularidad de impor-
tancia; dice : غزو الي العرب نذب الذي يليان ان
الاندلس طلبا بوثرة من ملكها انريق بمـا هـو
معلوم *que Ilián el que incitó á los Arabes para*
la conquista de España, procuraba en esto ven-
garse del Rey de ella Edrik, lo que es notorio.
Si en lugar de esta última expresion, بما هو معلوم

lo que es notorio , leemos هو مظلوم بمن *por quien
fué injuriado ,* es el discurso mas natural y mas
seguido, y me parece que fué la verdadera escritura del árabe: despues continúa refiriendo los
consejos que dió Iliân á Tarik ; y refiere como
este caudillo luego que con todo su exército de
Árabes venció sobre el Guadalete á los Christianos , dice علي وادي لكة *sobre Wadi-leka , y*
فتل الذربق *mató á Rodrik ,* y dispersó y ate-
morizó las tropas y sus caudillos, dividió su exército en tres cuerpos , y se difundió por España.
Las aventuras amorosas de Don Rodrigo y la
Cava, قحبة *Cahba meretriz* , se conoce bien que
son fábulas moriscas muy antiguas, lo mismo que
la torre de Toledo , y la profecía que en ella
pareció , este حديث *hadith , cuento ó novela* , fué
invencion de un Árabe, y despues fué repetido
por varios autores sin otro fundamento que porque estaba escrito , y pasó á la historia de muy
buena fe. Estas cosas se tratan con mucha variedad ; nuestro geógrafo dice que pasáron los
Árabes á España el año 90 de la Hegira ; Ben
Alketib dice que el año 92 , y Ben Alamid que
el 93 : yo creo que Edris habla del paso y principio de la conquista , Alketib del tiempo medio
de ella, y Ben Amid el Makin del fin, quando
ya se trataba de repartir las adquisiciones. Lo
que asegura el autor de las cartas á la historia
de Masdeu , de la tribu de Judíos llamada *Cava,*
y otras cosas nuevas y peregrinas, me parece otro

cuento de peor invencion que el antiguo de *fol-
gaba el Rey Rodrigo.*

Taxêna, es *Tocina*, poblacion antigua y de
consideracion en tiempo de los Reyes Abaditas
sobre Guadalkivir : طلسبان es *polvo movido y vo-
lante;* طلسب es *hacer tazas*, *vasijas pequeñas.*

29 *Medina Aben Salama*, ciudad de Ben
Salama, acaso será Grazalema: hubo un célebre
Visir en Córdoba que se llamaba *Ben Salama,*
acaso el fundador de este pueblo.

Xedêna : este clima es el territorio de Medina Sidonia; fué poblacion de Fenices : en las
monedas antiguas de este pueblo se lee *ASIDO,*
que es אצידו en forma púnica ó samaritana : Ptolomeo dice "Aσιɗον; el nombre primitivo es צידון
Tsidôn, por la Sidon de Fenicia; pero como
Tiro se llamaria צידון בת , hija de Sidon, los Romanos la llamaban *Cesariana.*

Clima Albuhiret, esto es, *territorio marítimo:*
muchos sitios de las marinas de España se llamán
Albuferas, voz corrompida de la árabe البحيرة
Albuhira marina, en plural *Alhuhirât marinas,*
mudada la *h* en *f*, como es freqüente en nuestra lengua.

Xedêna, *Sidonia*, 'Aσιɗον, *Asido*; todo de
צידון la antigua Sidon de Fenicia, ahora Seida.

Medina Esbilia, la célebre *Hispalis* "Ισπαλις
de Ptolomeo; Silio Itálico la llama *Hispal*, nombre que la diéron las colonias fenicias ó púnicas,
como indica su terminacion : en aquella lengua

era muy freqüente el añadir á los nombres propios el de *Bâl* ó *Baal*, como se nota en varios nombres compuestos de esta lengua, *Hirom-
bal*, *Mutum-bal*, *Ader-bal*, *Asdru-bal*, *Anibal*. En unas inscripciones de Italia habia estos:

EGERUNT
BANNO HIMILIS F. SVFFES
AZDRVBAL BAISIL LEGIS F. LEG.
IDDIBAL BOHARIS F.
AZDRVBAL SVFFES ANNOALIS
F. AGDIBIL....

Azdrubal, *Agdibil* é *Iddibal*. *Sufes* era el nombre del Magistrado de Cartago, צופה que es lo
mismo que *Eforo*, *Speculator*: así de *Tsuffe* se
dixo *Suphes*, en plural *Suphetes*, como de *Mag-
nes Magnetes*; si no diremos que de שופט *Suffet*,
Juez, שופטים, y en construccion ó régimen
שופטי *Sufftê*, *Jueces* de.... τᾶυ]α ὡς ἐν παροδῷ.
El terminar los nombres con el del Señor era
costumbre de los Siro-Fenices: en la S. S. es
bien comun el exemplo: *Ismael*, *Nathanael*,
Ariel. El nombre de *Hispal* me parece seria
איש בעל IS-BAL, que seria el del caudillo de
la colonia que fundó la ciudad, y dió motivo al
fabuloso Rey Hispalo, ó Spalo que cuentan nuestros historiadores: ó tal vez fué עצב בעל *Izéb-
Baal*, ídolo de *Baal*, ó ישב בעל ISEB-BAL,
morada del Señor, equivalente de בית בעל *Bet-
Baal*, ó בית אל *Bet-El* de Palestina, *templo*, *casa del Señor*; pero de todos resulta su orígen

fenicio : el autor de la Historia árabe de Granada Abu Abdalla Ben Alcatib Alsalemi dice:
,,Asegurada la feliz conquista de España , los
Árabes se esparciéron por ella , y escogiéron para
sus moradas los paises que mas les agradáron :
entre otros habian venido á la conquista diez mil
Siros , gente de á caballo muy escogida , acaudi-
llados del Emir Baleg Ben Baxîr Alcoshiri : de estos una legion de *Emisenos* ocupó la ciudad de
Sevilla , que por esta razon se llamó *Hemisa*, así
como á Jaen llamáron *Kinserina*, y á Elvira *Da-*
masco , en memoria de las ciudades de su patria;
fue conquista de Muza ; se le reveló, y la sujetó
su hijo Abd-el Aziz ; fué ganada y perdida muchas veces por los Almoravides ; la ocupáron Príncipes rebeldes; la ganó el Rey Moro de Granada Algalib *el vencedor* , pero la gozó muy poco
tiempo : edificó en ella un soberbio templo Jusuf
Abu Jacûb , Rey de ella ; y en fin la conquistó
el Rey Don Fernando : así lo dicen con uni-
formidad los escritores árabes y españoles. Abu
Abdalla dice : ومـى مـلوك النصارى بقسـنـتـالـة فرائـنـده
بـن الـفونش بـن شانجـه الانبـرطور وهو الذي مـلـكـ
قـرطـبة واسبـيـلـيـة ولـمـا هـلكـ ولـي بـعـده الـفونش ولده
ثـلـثـه ثـلـثـون سـنـة y *de los Reyes Christianos en*
Castilla Ferande Ben Alfons Ben Shanche el
Emberator , que fué quien se enseñoreó de Cor-
teba y Esbilia , y quando finó hubo el mando
despues de él su hijo Alfons 33 años. Se conserva en la catedral el sepulcro del Rey S. Fer-

nando con epitafios en ebreo, árabe, latin y castellano, que publicó el Maestro Florez : es dicho muy antiguo y vulgar y de gusto talmúdi-
co aquel: *quien no vió Sevilla no vió maravilla.*
Del arrabal ó parte de la ciudad que separa el
rio hacen mencion los Árabes como de poblacion
separada, y la llaman المربانة *Atrayâna,* que tal
vez tiene relacion con las memorias del célebre
Trajano, y de aquí ahora Triana : la llamaban
ما ورا لنهر *Ma Wara'lnahr*, la que allende el
rio, la *Trans fluvial* : no lejos de Sevilla se menciona un pueblo llamado طلقة *Talka*, que me parece *Itálica*; exîstia en 329.

Carmîna, es *Carmona*, poblacion antiquísima:
en sus antiguas monedas se escribe CARMO entre dos espigas : Julio César hace memoria de
ella, y la celebra por su fortaleza. Ptolomeo la
llama Χαρμονία *Charmonia* : los que se acuerden
de que en Siria habia un בעל חרמון *Baal-Char-
môn*, y que *Charmôn* es sitio cortado, separa-
do, *septum*, y que así se llamaban las fortalezas y sitios defendidos por naturaleza ó por arte,
notarán qué orígen tiene el nombre de *Carmona*:
la radical *Fenicia* se conserva en ebreo y en árabe خرم; los Moros la estimaban como una de las
mejores de España, así por su fortaleza, como por
su fertilidad : ذات الاشجار كثيرة زيتون وكروم وغيرة
abundante en plantío de olivas, viñas y demas.

Alixêna, si no está mal escrito, por ع es *Alis-
nê*, despoblado de tierra de Córdoba ; y por l

es *Lucena*, ciudad bien conocida en tierra de Córdoba : he notado que el Compendiador de nuestro geógrafo escribió primero علشانة *Alxêna* ó *Alixêna* por *ain*, y despues siempre البشانة *Alixêna* por *elif*. Casiri en sus Fragmentos histó- ricos unas veces escribió *Eliossana*, y otras *Alba- sana*: esta ciudad ha producido siempre hombres de valor: hubo en ella un Alcayde llamado *Muca- tel Ben Athia* en tiempo del Rey Abdalla Ben Bal- chi, que en la célebre batalla de النبيل *Alnabil*, ó del *Venablo*, peleó solo contra 70 hombres que saliéron á él de una emboscada, y los desorde- nó : y de esta misma fué el héroe de los con- trabandistas *Francisco Estéban* tan celebrado de nuestros ciegos.

Alxarfe, territorio de Sevilla muy fértil y de excelente plantío de olivares: este nombre se le daria ó por la bondad del terreno, ó por la apli- cacion que de él hiciéron los Reyes de Córdo- ba. *Alxarafe* llamaban nuestros Moros al tributo que pagaban á sus Príncipes, y de aquí nues- tra voz *Almoxarifes*, cobradores del almoxari- fazgo ó tributo régio, que tambien llamaban *ga- bela*, esto es, وبالة *Wabâla*, *gravámen*, de donde tambien nos vino la voz *alcabala*, esto es, *Algabâla*, y si no de قبالة; pero no me parece tan natural: por otro nombre, que era el legal, y de Azunna ó tradicion, se llamaba الزكاة *Azzaket*, *limosna, lo que se da por ley á Dios ó al Rey, como medio seguro de acrecentar los demas bie-*

M

nes. En la الزكاة فرض *imposicion del azake*, y sus usos y costumbres, y las aplicaciones á que se destina, hay observaciones muy curiosas: زكاة في الطعام وزكاة الثمار *en el azake de los mantenimien-tos, y en el azake de los frutos* se paga de quan-to produce la labranza, sacada la simiente, el diezmo, se entiende en tierra regada del cielo, de las fuentes ó de los rios ; si se riega á cánta-ro, y por alcaduces y anorias se paga medio diezmo : no se debe nada si no llega el fruto á cinco medidas comunes : los que llevan frutos á Meca ó Medina solo pagan medio diezmo. في زكاة الغنم *En el azake de los ganados* se paga con variedad ; de los camellos de 5 un lechal, y si no le hay se debe en naciendo ; pero han de llegar á 5 : de las vacas de 30 una becerra, de 40 un añal, de 60 dos becerras, y en cada 60 un añal y una becerra : en 80 dos añales ; y en adelante de cada 40, de aumento un añal, y de cada 30 una becerra : de las ovejas y cabrío, quando el ganado llegue á 40 reses debe una hembra, y en llegando á 120 ya debe 2 ; y de este número adelante de cada 100 una res, se puede juntar lanar y cabrío para la cuenta ; pero de cabrío no se recibe sino hembras : لزكاة الذهب para el *azake* del oro, plata, metal en alhajas y moneda. se considera para el *azake* un quarto de diezmo, quando la cantidad del oro llegue á 20 doblas, y la de la plata á 200 *adirhames:* 200 *adirhames* de plata pesan 25 *onzas* del mis-

mo metal , y cada *onza* 8 *adirhames*, que son
8 *reales castellanos* : de 200 *adirhames* de plata
se deben 5 de *azake*; y para la cuenta se juntan el oro y la plata si es necesario; y de cada
metal se sacan 5 á proporcion: no se paga *azake*
de la plata y oro y piedras preciosas empleadas
en guarniciones de espadas , de libros, y en ani-
llos , arillos y joyas de los adornos de sus mugeres y esclavas : de los tesoros escondidos tiene el Rey el quinto: en las minas se saca la costa;
y quando se pierde y se trabaja por hallarla, si
se hallare se principia la cuenta. El *azake* de salida de *Ramadhan*, que decimos *Alfitra* , debe
pagarse por todos los creyentes , y por los que
no tienen los que son sus Señores , una medida
por cabeza de lo mejor de toda la provision: las
rentas de *azaque* son para mantenimiento del Rey
y de sus Ministros , defensa de las tierras , re-
paro de obras públicas, mezquitas , baños , fuentes , escuelas , y mantenimiento de los maestros
de ellas , rescatar cautivos , y remediar pobres
sequaces de la ley y que cumplen sus cinco *azalaes* ú oraciones. Quien esto no cumple y su *azake* no paga , es doctrina de *Azunna* no tratarle
ni enterrarle : M. S. árabe : الاسنة مختصر *Much-
thasar Azunna*, *Compendio de la tradicion* ; es
como las משניות *Misnaioth* de los Judíos.

Miakel *Hisn-Alcázar*, es *Castro Marin*, cerca
de Ayamonte: he dexado la voz árabe معقل *miakel*, que denota *fortificacion* de ingenio, obra del

arte, de las que suelen decir معقل معقد لا يستطاع فتحها عنوة ولا ترام بسهم مراد, esto es, *fortifica-cion difícil no se puede conseguir su conquista por fuerza , ni la alcanza saeta del deseo*: expresiones poéticas , pero usadas de Ahmed Ara baxia, y del Isfahani.

Libla , es *Niebla* : en el nombre árabe está menos desfigurado el antiguo de *Ilipla* , que seria פליח אהל פליח *tribu separada* ; y si fué פליח seria *agricultora* , á la orilla de *rio Tinto*, que los Romanos llamaban *Urium* , y los Árabes ساقية *Saquia , azequia* ; y de este proviene el de *Azeche* , que le llaman ahora: fué ciudad considerable, y tuvo Reyes desde que Abd-el Aziz Albacri la ganó á Ben Jahya , Señor de Huelba y de Gezira Saltis.

Welba , ahora *Huelba* , la antigua *Onoba* עגובה *abundante en racimos* ; y si era voz compuesta עין עושא φρούριον τῆς φρἁτριας , *asilo de la tribu fuerte de la colonia* : he visto entre otros nombres de pueblos en la Bética انبة *Onba* , شنبوش *Shonbos*, y حصن مرجق *Hisn-Mergek*, todos de este territorio.

Gezira Saltis , isla delante de la embocadura de los rios Odiel, Tinto , y el de Cartaya , la que otros Árabes llaman *isla de Huelba* : los que saben el estado de ignorancia en que estaba España y toda Europa en aquel tiempo, en que las conquistas de los Musulmanes llegáron al extremo de Africa y pasáron á España , no extraña-

rán la obscuridad de las cosas de nuestra historia y geografía en aquella edad, á lo que contri-
buiria la que debió seguirse á las calamidades de
su conquista por muchos años : de aquí nació que
nadie hiciese mencion de esta isla sino los Árabes, que á mi parecer se detenian poco en averiguar la verdadera escritura y pronunciacion de
los pueblos que conquistaban, y así escribian lo
que pronunciaban de qualquier manera. En el
nombre de *Shaltis* me parece que desfiguráron
el de TARTIS, que seria el de la isla *Tartisa*
ó *Tartesia* : los Orientalistas saben que estas permutaciones de las letras de un mismo órgano son
las que forman la principal diferencia de los dialectos, que por estos vicios y variedad de pronunciacion se han apartado de las lenguas originarias , y han hecho como otras lenguas dis-
tintas : la ebrea , la siriaca y caldea no son diferentes por la mayor parte sino en el uso cons-
tante de estas permutaciones : la árabe es claro
que en su orígen fué una misma con las anteriores. Los dialectos de Jonia , de la Eolia , de Es-
parta , del Peloponeso y de Sicilia consisten en
la misma observacion, y forman la prodigiosa variedad de la lengua griega : para apoyar mi conjetura de que TARTIS se mudó en شلطيـنس
Shaltis, pudiera hacinar infinitos exemplos no ra-
ros y exquisitos , sino fáciles , usuales y corrientes en las lenguas ebrea , árabe y siro-caldea;
pero los inteligentes saben que es muy comun la

mutacion de ת , צ , ט , ל , en ש , ﺵ , ﻣ , ס , *th,*
ts , t , en *sh , s* ; y de estas en las otras : y porque no se crea que esto es solamente propio de
las lenguas exóticas, antiguas, y que saben pocos , quiero indicar estos exemplos de la griega : en la Lisistrata de Aristófanes hay un coro
de Lacedemonia , que dice :

> Ἀγροτέρ' Ἄρτεμι , σηροκ]όηε
> Μόλι δ'εὐρο παρσένε σία
> Δεῦρ' ἴθι δ'εὐρ' ὦ
> Κυναγὲ παρσένε...
> Ναὶ Ἀπόλλω τὸν σίον
> Καὶ παμμάχον Ἀσάναν
> Τυνδαρίδας Τ'αγασώς.

Cazadora Diana, matadora de fieras,
Ven, ven, ó diosa, ven , ó doncella;
Ven cazadora vírgen...
Sí, por el Dios Apolo
Y bélica Minerva,
Y por Cástor y Pólux,
Los de Tíndaro y Leda.

En estos versos se pone σ por ϑ; pues no es menos
freqüente en el dialecto dórico el uso de la τ por
la σ. Λέγωτι por Λέγουσι , ἐντὶ por ἐισὶ, τὺ por σὺ,
Βομβεῦντι por Βομβεῦσι, Κιτ]ὸς por Κισσὸς, y otros infinitos : ni solo en esta, la latina y las que de ella se
han derivado ofrecen otros tantos como la griega;
ni las del Norte de Europa están exêntas de este
vicio ú hermosura : *wasser ,* agua en aleman , es
watter en ingles ; *bruder ,* hermano en aleman,

es *brother* en ingles ; *garten*, jardin , es *garden*;
alderman , anciano senior en ingles, es *altermen*
en aleman , y otros muchos. La mutacion de *r*
en *l* se nota en *marmor* marmol , arbor árbol , de
puer se hizo *puera* y *puella*, de *puerulus* y *pue-*
rula puelulus y *puelula* , de *cœruleus* y *cœrulea*
cœluleus cœlulea , celeste &c. Me parece que no
es tan sin fundamento ni exemplo el de la mutacion de *Tartis en Saltis*: y esta conjetura fa-
vorece la de los que piensan que la célebre תרשיש
Tarsis fué nuestra costa *Tartesia* ; y que el viage de los Sidonios del tiempo de Necus , Rey de
Egipto , y los que hiciéron los vasallos de Hiram
el de Tiro para Salomon por el mar Roxo , por
la vuelta de Africa y cabo de Buena–Esperanza
fué á nuestra España , y que 20 siglos antes que
Vasco de Gama viniéron los Fenicios por donde fué este célebre Portugues ; ni podia Herodoto habernos hablado con tanta verdad y exâctitud de la situacion de Africa , si no lo hubiera
aprendido de los Fenicios , de quienes tantas cosas aprendió, que él mismo no las creia ; pero el
tiempo manifiesta la verdad.

Gebal-oyun, es ahora *Gibraleon* , quiere decir , *monte de las Fuentes* , por ser πολυπίδαξ,
como el Ida abundante de fuentes , *fontanal*,
y *hontanal* se dice en español: llamaban á este
y á las alturas cercanas ابواب الغرب *Abuáb-Al-*
garb , *puertas de Algarbe* , *de Occidente* : los
Orientales llaman *puertas* á las *fortalezas* colo-

cadas en las montañas que hacen linde , cortan
ó dan paso para pais ó término ageno : de aquí
nosotros decimos *puertos* al de Guadarrama y So-
mosierra y otros : los Ebreos decian שערי הארץ
puertas de la tierra, á las que los Árabes, Griegos y Persas llamaban *puertas Caspias* ; *Bab al*
Abuab, باب لا بواب دمير قبي *Demir-Capy*, *puer-*
ta de Hierro, que dicen los Turcos; y دربند
Dar-Bend, *puerta Estrecha*, que llaman los Persas ; y قبي قرة *Cara-Capy*, *puerta Negra*: el mismo orígen tiene el llamar los Árabes ثغر *Tsa-*
gra, ثغور *Tsogur* á los *fuertes de frontera*; como si dixeran *de puerta* : y de aquí tal vez nuestra voz *la Sagra* de Toledo &c.

   Clima Cambania : esta es la voz española *Cam-*
piña ; y la que aquí se refiere la de Córdoba:
á esta Campiña pertenecian varios pueblos de que
hacen mencion los Árabes, شننيقتش *Soticas* , شربة
Sherba, اكسنبة *Aksenba* , حصن الشرف *Hisn-Al-*
xarf , tal vez *el Carpio* , حبل البقر *Gebal-alba-*
car , *monte de las Vacas* , que otras veces llaman
عقبة البقر *Acabet-albacar* , *fragosidad de las*
Vacas , que dicen distaba diez millas de Córdoba. حبل قنطش *Gebal-Kintos* , monte célebre
donde se diéron una sangrienta batalla los Almoravides y Almohades , كشكينان *Keskinan*,
فحص البلوط *Phos Albelut* , *Albolote* , campo de
Encinas: ولمش *Welmes*, este es *Velmez*, así llamado tal vez de un rio que llaman *Guadalmez*
ó *Guadalmes*, aunque en aquella tierra no se oye

una *s* siquiera : اللامس *Aldamus* , ó sea *Ada-muz* , أولية *Aulia* , *Olia* ; y cerca de este قرية الجَالطة *Alkeria-Ghulieta* , y صلاة , ó صلاحة *Se-laha* , y بشقول *Bescul.*

Alzahra , es *Zara* , de الزهرة *flor* ; y de este nombre viene el que damos á la flor del naranjo, *azar*, particularizando una voz general: los Caldeos llamaban así á la luna סהרא *Sahra* , *clara* , *mani-fiesta y brillante*; si no era lo mismo que el nom-bre de Venus árabe *Zahira* , que es del mismo orígen. En los Fragmentos históricos de Casiri se escribe حصى اثر *Hisn-Atsar* , que significa *cas-tillo de ruinas de rastros de antigüedad* , que es bien diferente del que le da nuestro geógrafo, *castillo de la Flor.*

Esigha , ahora *Ecija* , es la antigua *Astigis* ó *Astigi,* que tal vez seria גיאת אסי *Esighia,* ἰθνοτροφός, por su feracidad ; λαοτροφος, que usa Píndaro tra-tando de ciudades, *sustentadora de pueblo*; co-mo si dixéramos *villa rica*. Los Árabes estimaban esta ciudad por de las mas preciosas de Andalu-cía : en sus inmediaciones fué la célebre batalla de los Ben Amerines de Africa contra los Mo-ros de España , que amedrentados de las con-quistas rápidas de Jacub Ben Abdalla Ben Abd-el Hak Almanzor , imploráron el socorro de los Christianos : el Rey de Castilla envió á ذو النون *Dhu'l Nûn* , ó sea *Nuño* , con buen exército , y combatiéron cerca de Ecija con Almanzor , que los venció con grave pérdida de ambos aliados;

esto fué en 672 de la Hegira : despues se dió otra batalla en حصن الصخرة Hisn-Asahra , Castro de Peña, con igual suerte.

Biana , es Baena , cerca de Castro y Carpio.

Cabra conserva este nombre ; el antiguo su- yo fué Agabra ó Gabira גבירה, fuerte , nombre púnico.

Alixena , es Lucena , nombre latino , por los muchos bosques ó lucos que por allí habia ; co- mo si dixéramos Lucania : si fuese لوزينة Lu- cina ó Laucina es feraz de almendras y miel.

Oxuna conserva su nombre del antiquísimo Urso , עורשא عرس , y en caso obliquo Ursone.

Lora conserva su nombre ; y de este mismo hubo una ciudad y region en Persia llamadas la region Lorestan, y la ciudad Lora-Gherd, Lo- ra ciudad.

Riat , es Rute: la voz en árabe significa tien- da de campo, propiamente la que es de una pie- za , ó cubierta de pieles bien unidas.

Malka , es Málaga Μαλακὴ: conserva con po- ca variedad su nombre antiquísimo מלבא régia, principal: la conquistó Muzá Ben Nasir ; y des- pues fué ocupada de varios Príncipes Moros : fué patria del célebre Ebn-Beithar , naturalista árabe, el Plinio de aquellos tiempos: si el nombre de esta ciudad fuese de orígen griego , significa sua- ve , apacible ; y tal es el temple de aquella exce- lente tierra.

Archidína , es Archidona : conserva su nombre, y un poco desfigurado el griego de Χαρχηδὼν, *Cartago* ; cerca de *Archidona* estaba ڕيه *Raya*. .

Mortela, *Montilla*, si no es el despoblado de Moratalla.

Bister, acaso seria *Bilches*, hácia las Navas de Tolosa, donde se dió la célebre batalla que los Moros llaman *Alacab* de los *montes* fragosos, y nosotros de las *Navas*: alguna vez he creido que por *Bister* se debia escribir ليشتنر *Lister*; en los manuscritos se alargan las letras ; y en Sierra Nevada habia un pueblo así llamado.

Beskezar, acaso *Busquistar*, lugar del partido de Orgiba.

Albujarát, las *Alpujarras*, serranías de Granada, de بشرة *hierba*, *pasto*: este territorio era muy poblado, como se nota en la historia de Ben Kétib Alsalami.

Gien, la ciudad de *Jaen*, cabeza de uno de los Reynos de Andalucía : en sus montes se beneficiaban minas de varios metales, y lo manifiestan sus montes acribillados de pozos : dicen los Árabes que fundó á Jaen Suari Ben Hamdun de Carbesana.

30 *Vegaya*, ó fuese *Vega*: este partido comprehendia las tierras cercanas al golfo Murgitano de los antiguos, tierra de Almería, Mujacar, y castillo de Monroy. Nuestra voz española *vega* es de orígen oriental בקעה y בקעתא, y en árabe بقعة, *campo arrompido y cultivado*.

Almería ya se sabe, dice despues de ella, que

se fundó de las ruinas de *Beghena*, ó fuese la antigua *Urgi*, ahora *Nijar*.

Vergha, habia de ser *Verha*; pero por un ápice fué la *h g*; ahora es *Vera*, ciudad del partido de *Baza*.

Marchena conserva su nombre, que atendido su orígen significa *lugar donde vagan libremente los ganados en sus pastos*: fué poblacion de los Almoravides.

Burchena, es *Purchena*, que tambien conserva su nombre: en su orígen era برثان ó براثن, *Buráthsena*, tribu de Árabes Aseditas, y *tierra abierta*, campo.

Tueghela, es *Tuegla* ó *Tahala* con alguna variacion: se escribe tambien ثاجلة, que Casiri dice *Texora*.

Velez, es *Velez rubio* ó *Velez blanco*.

Elvira, es la antigua *Iliberis*: los Moros la llamáron البيرة *Elvira*; Casiri leia *Olbera*; estaba en donde la sierra Elvira: con sus ruinas se fundó Granada: habia en Elvira un castillo llamado de *Masanbath*, y algunos pueblos y alquerías.

Garnata, es *Gar-nátha*, *cueva del monte*, de la eminencia; decia Alketib en su historia de Granada, غرناطة اسم اعجمي *Garnáta*, *nombre Agemi*, esto es, *extraño*, *bárbaro* לעז *laz*, que dicen en sus cifras los Talmudistas; y nuestro Casiri con su acostumbrada ligereza, faltando á la propiedad y á la verdadera leccion árabe, tra-

duce en su Biblioteca : *peregrinorum coloniam*,
que no sé en qué se funda : el mismo historiador
dice que es ciudad de tierra Elvira, que se llama
شام الاندلس *Damasco de España.*

Wadi-Ax, *Guadix*, de *Wad*, rio, valle, y
el nombre *Accis* antiguo : se interpreta *rio de la
Vida*, propiamente de lo que la mantiene, esto
es وادي عش *Wadi-Ax* por ع.

Almonkeb, *Almuñecar* : á este pueblo de la
sierra se acogió Ben Hud, Rey de Granada, huyendo de Ali Ben Abi Becri quando los bandos
de los Almoravides y Almohades : no lejos de
este pueblo estaba حصن بني بشير *Hisn-Bene
Baxir.*

Tadmir, la region *Tadmir* كورة تدمير χώρα
θαδμὶρ, es tierra de Murcia; no quiere decir tierra
que abunda en palmas : los Árabes la diéron este
nombre en memoria de la region Palmirena y Pal-
mira ó Tadmor de Asiria. Casiri quiso probar que
Tadmir era la ciudad de Palma ; y quantas veces ocurre en su Biblioteca *Tadmir* traduce *urbs
Tadmir*, que no dice el original ; y *Palma* siempre se llamó بلمة *Balma*, esto es, *Palma* hácia
Denia.

Mursia se alzó con el nombre de toda la region *Tadmir*, y conserva su nombre ; el de esta
ciudad parece griego Μυρτία, ó sea Μυρσία, mirtos, arrayanes, Μύρτα, arbusto consagrado á Venus ; los Persas dicen مورد *Murd*, y *Murdestán*
el pais que los produce.

Auriola, es *Orihuela*, que con ligera variedad
conserva su nombre: fué una de las que se entregáron por la capitulacion de Tadmir Ben Gobdos , caudillo de los Españoles, al Moro Abd-el
Aziz , Teniente de Muzá Ben Nasir.

Cartagena , es la *Cartago nova* que fundáron
los Cartagineses ó Púnices en España : el nombre que ellos la diéron fué חדדה קרתא *Carta-
chada*, equivalente de Κάρ\]α χαϊ̃ᾶ , *Ciudad nueva* ; y de esta voz vino el de *Carthagine* en caso
obliquo. Se descubren todos los dias rastros de
su antigüedad : en las ruinas de su anfiteatro se
halláron pocos años ha muchós idolitos de barro,
que parecen figuras de Apis ó Sérapis, con inscripciones en caractéres griegos bien formados,
pero en lengua desconocida: he visto uno que fué
de D. L. P.: le copiaré para satisfaccion de los antiquarios : las estrellitas denotan el fin de cada línea.

ΓΛ-ΑΡ. ΠΒ-ΔΟ. ΘΤΛΧΔΡ. ΑΜΤΓΟ.

ΠCΟΓΡ. ΟΝCΔΕ. ΑΓΔΟ. ΝΕΓΡ.

ΤΓΟΛ. ΟΝΕ. CΠΕΔΤ.

La primera y segunda diccion estan divididas
con la cabeza de Apis ; la última está en una especie de orla que tiene sobre las pesuñas de buey:
aquí tienen los antiquarios otra xerga como la de
la escena del Pœnulo de Plauto , aunque está mejor conservada que la del cómico.

Lûrca , es la antigua *Ilorcis* : cerca de Lorca
estaba el castillo الببط *Elibat* , que ganáron los
Moros despues de la batalla de *Zalake* : manda-

ba las tropas Abu'l Hasen Ben Elisa , Visir y su-
cesor en el Reyno de Lorca de Mukhamed Ben
Levun en 483 de la Hegira.

Mula conserva su nombre : era de los mejores fuertes del Reyno de Murcia : le ocupó por
fuerza Abu-Baker Ben Amer en 474 de la Hegira , esto es , 1079 de Jesuchristo.

Hangiala y *Hangebala* decia el árabe por falta
de ápices en چ y en ﺟ; es *Chinchilla*.

Kuteka , por igual falta en las copias se desfiguró este nombre , y se hizo ﺕ *t* la que debia
ser ﻥ *n* , y leeriamos كُنْكَة *Kunka* , *Cuenca* , ciudad principal de la provincia de su nombre , puesta sobre un monte de piedra tajada por dos rios
Xucar y Huecar ; perteneció á los Reyes Moros
de Murcia : despues repite el nombre de Cuteka
كُنْتَكَة.

Elx : en este nombre se oculta el de *Elche*
por la pronunciacion de la ﺵ final de *Ilici* , antiguo.

Lecant ó *Alcant* , que debe decir , es la antigua *Lucentum* , capital de los pueblos que Ptolomeo llama Λουκέντοι : tambien los Latinos la llamáron *Lucentia.*

Xecura , es *Segura de la Sierra.*

Argira , ha de ser *Alcira.*

Xáteba , es *Xátiba* , de *Sœtabis* , aunque los
Árabes la dan otro orígen. Granada , Xátiba y
Almería eran las tres piedras preciosas de la co-
rona del Reyno, decian los Moros granadinos:

fué sitiada por el Rey Alfonso, y viniéron á so-
correrla los Reyes de Murcia, Aragon y Valencia, y entonces se dió la batalla de البسيط
Albasite ó del Llano en el sitio en que está la
ermita de nuestra Señora de los Llanos en territorio de Albacete : en 534 de la Hegira 1139
de Jesuchristo, 100 años despues, la conquistó
el Conde de Barcelona.

Xucra , ó sea *Xucar* , es el territorio de la
ribera de Xucar.

Denia conserva su nombre., que provino de
Dianium ó *Artemisium* , promontorio : hubo allí
un templo de Diana, y de aquí el nombre.

Murbeter , *Murviedro*, *Monviedro*, *Muro viejo*; este nombre debió á sus magníficas ruinas la
célebre Sagunto ; en ellas se conserva casi entero
un anfiteatro y un templo de Hércules ; las monedas y las inscripciones se hallan con facilidad.

Buriena, es *Buriana*, en la costa del mar cerca
de la caida del rio Mijares.

Alcaratam , ó sea *Alcartam*: se llamó así el
partido de Albarracin por la abundancia de *alazor ó cartamo*, que es el *azafran rumí*, para
distinguirle del *azafran oriental*, que es el que
nace de cebollas : la voz *alazor* significa *de flo-
res*, nombre que ya particulariza al *cartamo*: de
esta provincia fué Señor el que fundó á Albarracin, *Gesam-Daulat*.

Alcanit , el original tenia الفنت *Alfent*; y tra-
tándose de territorio de Aragon, y precisamente

en tierra de Albarracin, me pareció que debía escribirse القلعة Alcanit , que puede ser Alcañiz:
no me parece que fuese Canta-vieja , y menos
Gallo-canta de tierra de Molina.

33   Aben-Racin, Santa María de Aben-Racin:
esta ciudad hubo el nombre de Gesam-Daulat,
Señor de Alsahila , ó de la tierra llana y de
ribera : sus nombres propios fuéron Abu-Me-
ruan, Abd-el Melik Aben-Razin : le llamaban ذو
الربا ستيين , Señor de los dos Estados , porque
era Señor de Alcartam y de Alsahila, que era
territorio grande en medio de las fronteras : le
conocian por Gesam-Daulat, como si dixéramos
apoyo del Estado : Santa María de Albarracin se
conocia tambien por Santa María de Oriente.

Alulgha : se nota desde este clima ó partido
alguna falta considerable ; pues si Alulgha no es
Aliaga ú Olocau , no conozco este territorio : en
los Fragmentos de Casiri se menciona este الولجة
Alulgha ; y desatinadamente traduce Loxa quando se trata de las fortificaciones hechas por Abd-
el Malek en las fronteras del Reyno de Aragon
y Valencia hácia la Mancha ; de suerte que si
juzgamos por los pueblos que nombra en este partido , ha de ser Aliaga : la significacion de la voz
es Valle torcido , tierra de grutas.

Seria , me parece Sarrion.

Meya , ha de ser Moya.

Calaat-Rabah, Calatraba, castillo grande ; puede ser Castel Fabey , ó Alcalá cerca de Ademuz.

Albilalta , me parece *Villada de Montesa*, si no queremos pasar bien lejos á Villalta de Nava el Can: como estos partidos ó climas son arbitrarios no se puede determinar su extension.

Betrûs , *Pedrôs* ó *Pedrosa*.

Aben Haron , del nombre de su dueño.

Gafek: en tierra de Granada habia un fuerte de este nombre, que le dió una familia de Moros principales del Reyno.

Alfegar , esto es, hácia Silves en fronteras de *Algarbe* : me parece que en lugar de الفغر *Alfegar* se debe leer الفعر *Alfaar* , por *ain* ع , no por غ *gain* : y así *Faro* en la costa del mar.

Santa María , conserva su nombre en la costa de Algarbe : á esta llamaban *Santa María de Occidente* ó *de Algarvia* , y á la de Aragon *de Axarquia* ó *de Oriente*.

Mertela , conserva su nombre en Algarbe á la orilla de Guadiana : era de los mejores fuertes de aquella provincia frontera de Portugal : *Mirtilis* fue su antiguo nombre.

Xelb , es *Silves* en Algarbe , شلب : entre otras fuertes eran considerables en este territorio مرجقﻦ حمﺱ *Hins-Murgek*, y شنبوﺱ *Xenbos* , y اونبة *Onba* , que me parece *Onuba* , y مرجيق *Murgik*, que es el *Hisn-Murgek*.

Alcázar de Aben Abi Dânes : llamábase comunmente *Alcázar Alfétahg* , قصر الفتج *Alcázar de llave* de los fuertes : perdióle el célebre Visir y poeta Abdalla Ben Moheb Zeiduni en 614 de la Hegira.

Tabora : el original dice *Jabora* ﺑ por ﺗ , que me parece la verdadera escritura : *Tavira* hácia Ayamonte ; y si no he corregido el original es por la arbitraria extension que suele dar á los climas ó partidos: ἴσως será *Evora monte*.

Batalyox بطالبيوش , es *Badajoz* , extraordinaria corrupcion de *Pax-Augusta*.

Xerixa , es *Xerez* de *Extremadura* شريبسة : atendido su orígen , quiere decir *tierra áspera, montañosa y de pastos* , que parece la verdadera razon de su nombre.

Cantarat-al Seif, puente de la Espada , es *Alcántara de Extremadura* ; ignoro por qué le llamaban de la *Espada*.

Coria , conserva su nombre.

Mérida , Emerita Augusta : la grande Mérida conserva su nombre, y sus admirables ruinas acreditan su antigua grandeza : en su territorio se hace mencion de منتنا نجمس *Monte-naghis , Montanches , Monte de la Caza*.

Albelad , Albalat , Albalate ó *Albelada* , que todas estas pronunciaciones tiene este nombre en España y en Portugal.

Medelin , Medellin , pueblo bien conocido.

Xenxerin , es *Santaren* en Portugal sobre el rio Tajo.

Xintera , es *Cintra , Sintra* cerca de Lisboa, poblacion antigua llena de magníficas ruinas ; el original tenia ز *z* por ر *r*.

Lisbona , es *Lisboa*.

Alxerât, partido ó clima grande de los montes de Toledo.

Talvira, es *Talavera de la Reyna* á la orilla de Tajo; ciudad antiquísima: su nombre antiguo *Talabriga*, טלעברינ Ταλαπύργος : esta terminacion *Brica* y *Briga* es céltica; la lengua alemana nos conserva la significacion en *berg*, con la que resultan infinitas composiciones.

Tolaitola, es *Toledo*.

Maglit مجليط, *Madrid*: el nombre como está escrito nada significa : en otros manuscritos se escribe مجريط *Magrit*, igualmente insignificante; lo que manifiesta que la voz no es árabe, ó está mal escrita : los caracteres africanos pudiéron viciar la escritura de ella : si se permite mudar ápices y poner letras resultará qualquiera cosa; pero lo mas verisímil es que en este nombre se desfiguró el de *Maioratum* ó *Maioritum*, voces latino-bárbaras; pues antes de Cárlos V fué Madrid un pueblo y fortaleza de poca consideracion, que por todas partes le rodeaban *bosques de puerco y oso*, donde venian á caza los Reyes de Castilla desde el alcázar de Segovia.

Alcahemin, me parece que puede ser corrupcion de *Calaat-main*; el *in* final, adicion de sonido mal expresado en la escritura, como si dixera القلعة الما, esto es, *el castillo de las Aguas*; pero no me satisface esta conjetura para que pueda ser Alcalá de Henares la antigua *Complutum*: otra cosa me ocurre, y quiero aventurarla. En-

tre Madrid y Alcalá, pasado el Xarama, antes de
Torrejon, hay una ermita en un sitio que parece despoblado, y llaman la ermita de nuestra Señora del *Buen-Camino*: y tal vez en *Buen-Ca-*
mino se ha confundido *Abu-l Cahemin* , nombre árabe por todos quatro costados; de suerte
que la poblacion se llamaba de *Abu-l Cahemin,*
ἀνόρικ]ος πατήρ, *Villar de Alcahemin*: despoblado
el lugar, quedó la ermita, memoria única de aquella poblacion.

Wadilhigiara, *Guadalaxara*, rio *de las Pie-*
dras: el célebre Juan de Barros no estaba bien
con esta interpretacion, y queria que fuese *Wa-*
dariaka, esto es, *Wad-Ariaca*, que era el antiguo nombre de esta ciudad: los Moros dicen
que la fundó un *Abu'l Fergi*, y que por él se
llamó *Medina al Fergi*: nuestras Crónicas la llaman *Guadalfaxara*, que es lo mismo, *f* por *h.*

Eclis, me parece *Ucles*, castillo entónces bastante fuerte en tierra de Huete; pertenece á la
Órden de Santiago, á quien se cedió para su defensa, como muchos otros: se tomó á los Moros en 1177 quando Cuenca y Alarcon, esto es,
الأرقان ; quiere decir, *fuerte de vela ó atalaya.*

Webedha: este nombre está tan desfigurado
en nuestro geógrafo, que apenas puede conocerse
Huete: su nombre antiguo fué واتة *Weta*, una
de las poblaciones que se entregáron por la capitulacion de Tadmir con Abd-el Aziz en la entrada de los Árabes: se escribe واطة *Wête*, y

en nuestro Edris وايلي *Wébda*, y وايلي *Wey-da*, por mala escritura y adicion de ápices ﺝ en ﺝ: fuéron las ciudades entregadas por capitulacion siete: *Auriola*, *Valentola*, *Alcant*, *Mula*, *Be-kasera*, *Wête* y *Lorca*, que todas eran de Tad-mir Ben Gobdos, صاحب الكورة التدمير *Señor de tierra Tadmir*, esto es, de *Murcia*.

Arlit, es partido de *Ariza*.

Calat-Ayûb, castillo de *Ayûb* ó de *Job*; ahora decimos *Calatayud*: por mala pronunciacion se desfiguró la voz árabe; los rústicos por *Jacob* dicen *Jacod*, y *Josed* por *Josef*: diéron este nombre á la antigua *Bilbilis* por un Príncipe árabe llama-do *Ayûb* איוב ابوب *Jôb*, que la reparó y mejoró.

34 *Calat-Darûca*, castillo de *Daroca*: este nombre nació de una antigua poblacion llamada *Aûca*; اوقة como si dixera دار اوقة *Dar-Aûca*, *casas de Aûca*: el rio que pasa por allí se llama *Xiloca*, esto es, سيل اوقه *Sil-Aûca*, arroyo de *Aûca*.

Saracusta, *Zaragoza*, de *Cæsar-Augusta*, ó Καισαρφια αυγουςᾶ, ciudad célebre en todos tiem-pos, capital del Reyno de Aragon: nuestros romances la llaman *Sansueña*, de *seu Ausone*, capital de Ausona. Benjamin de Tudela en sus מסעות *Viages* la llama שרקוסטה *Saracusta*: Abra-ham Zacut en sus *Jucasin* ó *Familias*, la llama סרגוסה *Saragosa*.

Wesca, *Osca*, ahora *Huesca*.

Tutila, *Tudela de Navarra*, no *Tubala* mu-

dando la ז en צ , y trastornando letras para darla
orígen del Patriarca Tubal, y otras fábulas.

Alceitun, de las Olivas ó de los Olivares: este
nombre ha producido el de *Aytona* : por todas
las tierras que riega el Cinca hubo muchos olivares, y quedan aun lugares que tienen nombre
de la principal cosecha. *Calat-Aceyte* قلعة الزيت,
castillo del Aceyte, ó *Calat-Zeit*, *Beceyte*, בית
זית casa de Aceyte de *Bêt-Zeit* ; todo de los
aceytunos ú olivares.

Lerda, *Lérida*, de *Ilerda*, אהל ארץ, ó
עיל ארדא.

Maknesa, ahora *Mekinenza*.

Afraga, *Fraga* sobre el Cinca.

· *Albortat de las Puertas*; como si dixera *de
los Puertos ó Puertas*: برتات *Bortát*, voz toma-
da de la latina *porta*, por ser las entradas ó pasos que ofrecen los montes Pirineos, שערי הארץ
puertas de la tierra, como שערי הנהרות *puertas de los rios* en el mismo estilo oriental.

Tartúxa, *Tortosa* : טרטושה *Tartusa* la nombra en sus *Viages* Benjamin de Tudela. Los antiguos la llamáron Δέρκισα, Δέρϳισα, y Δέρτωσα.

Tarkína, *Tarragona*, de דרך, por ser camino y paso para España: Sebastian Munster de-
rivaba su nombre de תורא קינא *Bobina possessio*;
pero no meditó que *Tarracone* no es la radical,
sino *Tarraco*. Se conservan en esta ciudad muchos rastros de su antigua grandeza: Benjamin de
Tudela dice de ella cosas extrañas : עיר הקרמונה

והיא היתה מבנין ענקים ויונים ולא נמצא כבנין ההוא
בכל ארצות ספרד והיא יושבת על הים: *ciudad anti-*
gua, *fué de los edificios de los Hanakim y de los*
Griegos , *y no se hallan edificios como los de ella*
en todas las tierras de España, *y está puesta so-*
bre la costa del mar. Los versados en la Sagrada
Escritura saben que בני אנק *Bené-Hanak* , ó los
ענקים *Hanakim* era una generacion gigantea de
بني طين بني טיט בני ó πηλογόνες , *Títanes* , hijos del
cieno ; y por consiguiente que esta opinion de
Benjamin es vulgar y digna de los P. C. de las
sinagogas : en tiempo de nuestro Edris se llamaba *Tarragona de los Judíos,* por los ricos Judíos
que en ella habia.

Barxelûna , la antigua *Barkino*, por la familia de Cartago , que la fundó ú engrandeció: lla-
mábanse ברקין, de بورق בורק *Borak fulmen*: nuestro Benjamin dice que la ciudad ברזלונה *Barce-*
lona era קטנה *pequeña*, pero יפה *hermosa*: trata
de su riqueza y de su comercio , dice que á ella
venian naves de Génova , de Pisa , de Africa,
de Sicilia , de Siria y Egipto : seria necesario un
largo discurso para contar sus excelencias ; solo
diré que , quando toda Europa era ignorante y
pobre, Barcelona tenia sabios, y comerciaba en
todas las escalas de Levante.

Marmarbara مرمربرة : este nombre está tan
desfigurado que no es fácil atinar con su verdadera escritura : ἴσως seria مرت بربرة *Santa Bár-*
bara ; ó tal vez se oculta el nombre de مرمويبرة

Marmoyra ó *Marmorieres, Morella*, ó qualquiera antigua poblacion.

Tasker ó *Tiskar*, acaso donde la aldea de Tascals en partido de Tarragona, si no es Traíkera hácia Morella.

Castaly, Castellon de la Plana.

Canteda, كنندة *Kenneda* dice el original, ة por ة; me parece *Gandia*, si no es *Cutanda*, célebre entre los Árabes, por una sangrienta batalla que allí hubo entre Moros y Christianos.

Gezira Tarif, Isla de la Punta; ahora *Tarifa*: los Árabes y todos los orientales abusan de la propiedad de ciertas voces, y tambien de esta de جزيرة *Isla*: la Arabia y la Mesopotamia se llaman جزائر *Gezáir*, *Islas*: entre los Ebreos el כיור κιὼρ, ó librillo para lavarse los Sacerdotes, se llamaba ים ἰὰμ, *mar*, *mare æneum*; y se le sacó de la clase de los כיורים barreños ó librillos: los lagos en Palestina se llamaban *mares*; así como nosotros decimos *mar de Antigola* á un lago pequeño cerca de Aranjuez.

Islas Alcantir, entre Tarifa y Algeciras; tal vez τὰς νησίδας τὰς πρὸς τῷ πορθμῷ *las Islillas de junto al Estrecho*, que menciona Estrabon.

Alcantir, es *de las Puentes*.

Wadíl-l Nisá, ó *Wadil-Nesá*, *rio de las Mugeres*: en este rio dice que entra otro; acaso este será el que llaman *Guadamexi*, *m* por *n*.

37   *Nahr-al Aseli* نهر العسل, *rio de la Miel*, por la dulzura de sus aguas.

Alchadra, *Isla de la Verdura*, ó *Isla Verde*, la *de las Palomas* : su rio se llama *rio de las Naves* والدي السفايىن *Guadí'l Sefaín*, por las de la conquista.

Mesguida , *Mezquita* decimos en España; مسجد lugar de adoracion : ésta dice que se llamaba الريات *Arrayêt de las banderas* , *de las señales ó enseñas*, *ó de los consejos* , por la junta, alarde y consejo de los Árabes para tratar de la conquista que emprendian: en el partido de Huete hay una sierra y lugar que llaman de *Javalera*, que en monumentos antiguos se llama جبل الرابة *Gebal-Erria* , que vale tanto como *monte de la Señal* : la voz *alarde* de الأرض la tierra ; esto es, gritar, apellidar la tierra para salir á defenderla.

Mersa-Asagra , *puerto de la Arboleda.*
Aramla , *los Arenales* , *Arenas gordas.*
Barbâte ó *Barbêt*, donde entra el rio de Vejer.
Nahr-Beka , *el rio de Vejer* , *Mellaría;* como si *Vejer* se hubiera dicho de *Abejar.*.
41 *San Biter* , *San Pedro.*
Alcantir, por ث en vez de ط *Alcántaras*, puentes los de Mayorga , Guadarranque y Palmones. واد الرمكا , *Wad-Arramque* , *rio de las Yeguas.*
Rabêta-Rîta , *Rota*, رباطة se debe escribir; y propiamente es fuerte de frontera ; porque *Ribâta* y *Ribete* eso significa : en España hay pueblos con este nombre *Ribata* , *Ribota* &c.
Almesguid , *Mezquita* , ahora *San Lucar de*

Barrameda, donde estuvo el templo de la estrella del Alba, que menciona Estrabon : τό τῆς φωσφόρου ἱερὸν, ἥν καλοῦσιν Λουκεμδουβίαν , *el templo de la estrella del Alba, que llaman Lucemdubiam, Luz dudosa,* y con nómbre mas conocido *Luciferi-fanum*; y de *Lucifer* ó *Lucer* se dixo *Lucar.*

Tarbixêna, ahora *Trebuxêna*, del partido de San Lucar.

Al-Otof, esto es , á las revueltas , donde llaman *las orcadas de Guadalquivir.*

Cabtûr y *Cabtâl*, si por قَبنطور , قَبطورَ ó y قَبطلال se escribió غَيططول y غَيططلال *Gaitûl* y *Gaitâl*, que es bien fácil ; quiere decir , el *Tarayzal* , sitio donde nacen tarais: estas son τὰ ἐν ταῖς ἀναχύσεσι, τὰ ἐν τῷ ποταμῷ νησίδια , *las Islillas de las Maresmas, las que hay en el rio* , que menciona Estrabon: ahora una se llama la *Mayor* , y otra la *Menor.*

Gezirat-Instelât, nombre tan depravado, que no se puede conocer su orígen ; ahora la llaman *Isla de la Garza* : en estas Maresmas estuvo la ciudad Astenas y Ebura; pero las avenidas del rio han destruido muchas veces la superficie. ¿Qué hay ahora de quanto menciona Estrabon describiendo este sitio ? Aquí estuvo tambien τό μαντῆιον τοῦ Μενεσθίως , καὶ ὁ τοῦ Καπίωνος πύργος , ἱδρύται ἐπὶ πέτρας ἀμφιλύσου θαυμασίως κατασκευασμένος , ὥσπερ ὁ φάρος , τῆς τῶν πλοϊζομένων σωτηρίας χάριν.... πόλις Εβῦρα..... καὶ τό τῆς φωσφόρου ἱερὸν καὶ δὴ καὶ ἐξείργασα

περιτῖὸς ἤ τι παραπόλαμία, καὶ τὰ ἐν τῷ ποταμῷ νησίδια.... *El oráculo de Menesteo , y la torre de Ca-
pion maravillosamente construida sobre una peña
rodeada de agua , como el faro para seguridad
de los navegantes.... La ciudad Ebura.... Y el
templo de la estrella del Alba.... De suerte , que
así toda la ribera , como las islillas que hay en
el rio estan cultivadas con delicadeza.*

Hisn-Azahra , castillo de la Flor, ó de Venus,
que así se llama en árabe كوكب الزهـــرة ; y los
Ebreos la llamaban מזל זהרה *Mazal Zahera* , pla-
neta ó *constelacion de Venus* ; los Siro-Caldeos
מזלא טבא *Mazalà Tabà , sidus beneficum ,* estrella de propicio influxo ; y mas comunmente
כוכב נוגה *estrella Nogha ,* astro resplandeciente:
en sus supersticiosas observaciones astronómicas
de la אופן מזלות *Ofan Mazalôt ,* rueda de los
planetas, ó de los יב מצורות *Ib Mazaurôt* doce
signos.

Aretba : me parece que fué donde Torre del
Marques hácia la laguna de la Janda.

Barbet , ahora *rio Barbate.*

Nixéna , نيشلاتة *Alkeria , Nixêna , Ximena ,* ó
cierta poblacion que menciona una antigua escritura de la Santa Iglesia de Sevilla llamada *Sena ,*
y otra *Bulca.*

Ben Selim : antes la llamó de *Ben Selamà :* me
parece que puede ser *Grazalema ,* corrupcion de
Caria-zalema.

Gebal-Mont , en el partido de las *Uteras ;* así

como dixéron *Mont-Gibelo* por la mezcla de lenguas.

Asluca, ahora *Paterna de Ribera*.

Almudeyna, diminutivo de *Medina*, la ciudad pequeña : ahora Los Palacios del partido de Sevilla.

Deyra Algemalá, casa de la Camella ; ahora de la *Villa de las Cabezas*, partido de S. Lucar.

Huelba, conserva su nombre.

Nahr-Alkivir, el gran rio; lo mismo que *Guadalquivir*, nombre que diéron al Betis : este de כתים, dividir, romper, cortar : entre los Saaditas habia una fuente llamada بنثا *Bethá*.

42 *Libla*, de *Ilipla*; ahora *Niebla*.

Saltis, segun mi conjetura, de *Tarsis*, *Tartis* ó *Tartesia*, donde reynó Argantonio ; pais felicísimo, donde creian que los hombres vivian 150 años; el pais adonde Jonás huyó תרשישה á *Tarsis* : la isla de la Higuerita seria parte de ella.

45 *Cádis*, de *Gadir* se dixo *Cádiz* por corrupcion de lenguage.

Tarif el puntal, el cabo, equivalente de promontorio.

Mará : he dexado así esta voz porque en el original estaba مارا por no alterarle ; pero me parece que debe escribirse ما را, *lo que mira*, que á veces estas faltas de escritura engañan á los traductores. Josef Escaligero en la traduccion de las Sentencias de Abi-Ubeid se engañó en mudar اله ما *non ei*, en ماله *cuius opes* : de manera que .resultó un sentido contrario.

Castala , Castelar ahora , ó la *Almorayma* en su término : alguna vez creí que fuese *Alcalá de los Gazules.*

Nahr-Yana : el mismo que nuestros Árabes llamaban *Guadiana* , conservando su antiguo nombre *Anas* , de انت אנש , débil, ténue , que no se sostiene, apacible, manso, alagunado, agua mansa ما انتة.

Mertola , conserva su nombre lo mismo que *Mérida* y *Tavira.*

Sant María de Algarve , ahora *Cabo de Santa María.*

Xelb , Silves , el *ager cuneus* de los Romanos por su figura.

46 *Hisn–Alulba* , fuerte de Huelva hácia el Cerro.

Zeuyât , Lagos ó *Albor* , que es البور *pozos,* de بير באר *cisterna , pozo.*

Xecres , Sagres.

Tarif Alaraf , punta del extremo , de la orilla, propiamente عرف *Araf* , es lo mismo que en latin *limbus , comedio* , que alinda con otras partes: la Sura 7 del Alcoran se intitula así , y trata del lugar adonde irán en la otra vida los que ni merecen la bienaventuranza , esto es , la entrada al جنة النعيم *paraiso* , ó como dicen los Rabinos, שתהי נפשו בגן עדן *que su alma sea en Gan-Heden* , ni tan malos que merezcan el infierno, el גיא־הנם Gê-Hinnom , جهنم Gihenam de los Ebreos : en fin *Araf* es un lugar de medianía entre el Huerto de delicias y el valle horroroso de Ben Hinnom.

Kenisat-Algorab , Iglesia del Cuervo , Cabo de San Vicente.

Alcázar sobre Xetawir , Alcázar de Sal : *Xetawir* seria شطوبال *Setubâl* , y los caractéres africanos produxéron شطويبر ; ahora dicen rio *Sardaon*.

Biura , es *Ebora* monte ; aunque el antiguo nombre de *Ebura* עבורה parece indicar la Transtagana, ó de Alentejo.

49 *Aben Abi Chalid*: este camino era una línea recta desde Badajoz á Gibraleon , y desde allí se inclinaba al Oriente por Escacena á San Lucar y á Sevilla.

Gebal-Oyun , monte de las Fuentes, ahora *Gibraleon*.

Alcantarat-al Seif , Alcántara de la *Espada*, Alcántara cerca de Ceclavin.

Colimria , ahora *Cohimbra* , *Conimbrica*.

Tagha , decia el original *Nagha* ذ por ذ ; el famoso rio Tajo , *Tagus* de los Romanos : su antiguo nombre se deriva de طغي *exundavit*; תעה se dice precisamente de los rios por su giro tortuoso y *errante*. Explicando Gehuary y Phyruzabadi esta expresion طغي *inundó*, dicen ظلم الوادي *agravió el rio*, بلغ الما موضعا لم يكن بلغه قبله *llegó el agua adonde no llegaba antes* : y tambien dicen

del mar : اذا السيل وطغا امواجه هاجت البحر طغا
خا بما كثير injusto fué el mar, por conmovió sus aguas : y corriente injusta, la que inunda con su avenida copiosa.

Hisn-Almaden, fuerte de la Mina, Castro-da Mina : la voz *Almaden* se conserva en español; y mina de Almadén es como decir *mina de la Mina*.

- *Tivar* : no se crea que oro de Tivar es traido de una region así llamada : تبر *tivar* quiere decir *oro puro*, no fundido, sino en arenas ú polvo como le lleva Tajo. En un Casidat de Abu'l Ola, célebre poeta árabe, en elogio de Said, Príncipe de su tribu, dice : قلت الشمس بالبيد بتبر

:   *Culta-lshemsa bilbeidi bitibrin.*

.   *Dirás que es sol en el desierto el oro.*

Bahr-Altalmêt, mar de las obscuridades, de las sombras; el Océano, porque en él parece esconderse el sol : los cuentos de Posidonio y Artemidoro, que menciona Estrabon, pudiéron ocasionar estas sombras.

Alhama-Darab, calle del Baño: ignoro si en Lisboa hay memoria de esto.

Almogawarines, Moros así llamados; como si dixéramos, *los valientes en las algaras ó correrías bélicas*: esta relacion es bastante sencilla, aunque falta de las gracias que tienen las peregrinas historias que refiere Herodoto : yo creo que los Orientales fuéron en otro tiempo mas diestros en la náutica que lo que comunmente

se supone : las antiguas memorias se han perdido , y las que por fortuna nos quedan se han
olvidado : las expediciones de los antiguos Sidonios , que refiere Herodoto ; la de los Persas
conducidos por Sataspe ; las de los Cartagineses,
y en tiempos posteriores las colonias árabes de las
islas de Harchend , de Seran-diw y Maldivas prue-
ban mayores conocimientos que los que se les
suponen : en sus antiguos diccionarios se menciona la قبلة نامة *kibla-name* , ó قبلة ناما *kibla
namâ* , en los pharhanks ó diccionarios pérsicos
la سنك أهن كش *piedra-hierro-atrae* , ó أهن ربا
hierro-roba , que es la مغنا طيس μαγνῆτις de los
Griegos y Árabes ; קלמיטא מגנים *Calmita magnis*
de los Talmudistas , que los Árabes dicen ser.
descubrimiento de la India , y otros que del *Ca-
tay* ó de la *China* , donde dicen que se llama
قبا بون *kie-pon* , que es *tabla lineada.* Los historiadores árabes cuentan que en sus viages por
los desiertos se valen de la *kibla-name* para su
gobierno , y evitar la engañosa شراب *xerâb*
ὑδροφανεία ó vista de agua que presentan aquellos
vastos arenales con los rayos del sol , y á los se-
dientos caminantes se les antoja agua , van á bus-
carla, y nunca la encuentran : todo esto prueba
conocimiento muy antiguo en la náutica.

. *Gezirat-Alganem* ó *Gezair* , islas de la Caza,
del Ganado : algunas de las Canarias.

54. *Trujiman* , Intérprete , voz caldayca de
תרגם ; por eso los Ebreos llaman תרגום *Thargum*

y *Thargumim* á sus versiones bíblicas : la voz ha pasado á los Persas y Turcos , que le llaman ترجمان *Thragoman* , que por suavidad de pronunciacion suena *Dragoman* : صاحب الترجما *Saheb-ul-thargima* , el Intérprete.

57 *Wasafy*, quiere decir , ¡ *ay mi dolor!* As-safia ó *Safia* conserva este nombre en Cabo-Cañaveral , y su puerto es el golfo que llama último *Almagreb* , ú *Occidente*: así refieren los Árabes varias historietas para dar razon de cada nombre , los pozos, las fuentes , las palmas, los montes , los rios, los promontorios, los estrechos freqüentados por ellos tienen su nombre , y los del pais saben la causa de llamarle así : *Bab-el Mandeb* , que decimos *Babel Mandel* por corrupcion, quiere decir *puerta de Afliccion ,* por el lastimoso naufragio que suponen haber allí sucedido. En España *la peña de Martos , la peña de los Enamorados ,* حجرة الاحباب *Higiara-l Ahbâb* , por la desgraciada muerte de los amantes que se despeñáron por no venir á manos del iracundo y ofendido padre &c. : y lo mismo usaban los antiguos Ebreos *Bér-Sitna* באר שׁיטנה , גלעד *Gil-Had.*

58 *Campo-Velata , Campo de Vellada* feracísimo : en español se conserva la voz الفحص *alfohs* , que propiamente significa *sitio cultivado ,* habitado.

Eils يلش por ابليس *Elbas* , ciudad conocida de Portugal.

Kerkua , tal vez ahora *Caracuel* , por la se-
mejanza del nombre , y por el territorio de que
trata : por ﻕ es *campo llano* , *igual* ; por ﻙ *roxo,*
rubio.

Calat-Rabâh , ahora *Calatrava* , de قلعة رباح
קלע־רחב , *castillo espacioso.*

Hisn-Albalata , *castillo de Albalate.*

61 *Talvira* , *Talavera.*

Almachada , *Almahada* , ó *Almaraz* escrito
de otra manera.

Torgiella , ahora *Truxillo* , de *Turris Julia.*

Medina-selim , ahora *Medina-celi* ; omitida
la *m* final , como es propio de nuestra lengua;
quiere decir , *ciudad del apacible* , *del benigno,*
del suave , *del pacificador.*

Wadilhigiara , ó *Wadi-lhigiara* , *rio de las*
Piedras , ó *de la Piedra* ; ahora *Guadalaxara* ,
en los siglos pasados *Guadalfaxara* ; y última-
mente omitida la *h* y la *f.* Este nombre diéron
los Moros al rio que ahora llamamos *Henares,*
que tal vez nació no del *heno* ni del *henar* , sino
de نهر נהר *nahr* , rio, arroyo , ἄναυρος : no lejos
de la ciudad de Guadalaxara hay un puente que
llaman de *Ben-al Hak* , que quiere decir , *del*
hijo del Verídico ó Veraz , nombre muy comun
entre los Musulmanes.

Aben-Racin , ó *Ben-Racin* , nombre de Gesam-Daulat , Señor de Alcartami , y de Santa
María , que por él se llamó de *Aben-Racin* , y
ahora *de Albarracin.*

Alcanit , *Alcañiz* ahora; en el original estaba siempre *Alfenet* , ق por ك , que he corregido por ser tan manifiesta falta de copia , y mas si la primera se hizo en caractéres de Occidente , en los que ك es *k* , y con punto abaxo ق *f*

62 *Daríca* sobre el rio Xiloca , esto es سيل اوقة arroyo de Auca , *Dar-Auca* دار اوقة , *Casar de Auca.* נזיל אוקע , שיל אוקה , que es lo mismo.

Ebra , *Ebro* , "ΙϹηρ עיבר *pasagero, que va , que camina , corriente* : de aquí el nombre de "ΙϹηρία , y de "ΙϹηρες á los Españoles.

Velad-Arrum , tierra romana: así llamaban los Moros españoles á la Navarra y Leon , y á lo que confinaba á estas tierras y no era de Moros.

Calaherra , de *Calagurris* , célebre en la historia antigua: los Árabes escribian tambien este nombre قلعة حورة *Cala-horra* , *castillo libre* , *Castel-franco* , que diriamos: horro es libre , que á nadie está sujeto: de aquí en español decimos es *hombre horro* , *libre* , *desembarazado.*

. *Tutila* , *Tudela* , patria del célebre Benjamin de Tudela , el autor del Itinerario מסעות *Mesaoth* , que algunos han tenido por del todo fabuloso , y que se escribió sin salir de Navarra; pero las verdades que , entre muchas mentiras, dice de Oriente , especialmente de la China y Japon , no pudo leerlas en el siglo XII: miente como todo Judío , quando trata de sus cosas, de sus imperios , y estados sujetos á Judíos; pero conocida su intencion , en lo demas es verda-

dero : Arias Montano le traduxo al latin , pero
mal : le quiso corregir el Olandes Constantino
L'Empereur ; pero incurrió en groserás faltas : un
jóven de Utrek lo hizo como un niño , aunque auxîliado de su padre : la opinion de que
fué *Tubala* , y de *Tubal* , nació de escribir mal
el nombre طلوتلة , ذ por ذ , y contraposicion que
no se permite تطليلة. Casiri confundió طليبالة *Ti-*
bala , de tierra de Murcia, con Tudela تطليلة *Tu-*
tila de Navarra.

Chayra, fuerte de Chayra , á la ribera de Ebro.

Nahr-Aceytûn, rio de las Olivas , tal vez el
Cinca , que riega las tierras que llamaban los Mó-
ros الأرض الزيتون *Ard Aceytuna* , tierra de aceytuna ; y despues viciada la pronunciacion de *Ay-*
tûna , y ahora de *Aytona*.

Wesca , no se escribe nunca وسقر , ni بسقبير ,
que decia Casiri en sus Fragmentos históricos : es
la antigua *Osca* אושקה , *irrigua* , tierra de re-
gadíos.

· 65 *Maknesa*; *Mequinenza* ; alguna vez creí
que seria *Manresa*: en África hubo una ciudad
y tribu de Moros con este nombre , que ahora
llamamos *Mequineza* ó *Mequinez*.

Rabeta Castaly , *Rabeta* , fuerte de frontera;
es Castellon de la Plana ; la Καρταλίας de Strabon. ·

Beniskela , *Peñíscola* , todo corrupcion de
Península : Ἴσσος , la ciudad que Strabon llama
Χερρόνησος.

Acabet Abixât , montes fragosos de Abixat,

acaso Castel-Follit y su torre ; la ʽΟλίαʼρον de Strabon.

66 *Buriena* , *Borriana* ahora.

Murbeter Σαγούήον κʔίσμα Ζακυνθίων , *Sagunto* , *fundacion de los de Zacinto ó Zante* , abrasada por el Cartagines Anibal ; ahora *Murbiedro*.

Kenteda , *Gandía* ; pudiera ser *Cutanda*.

Hisn-Ariahin , *fuerte de los Molinos*.

Alcant , el originial decia *Lecant* y *Lefant* , ѣ por ѣ , *Alicante* : Λιϰαττον de los Griegos , *Lucentum* de los Romanos.

Gezira-Xucar , *Isla de Xucar* , acaso *Alcira* : el *Xucar* شقر es el *Sucron* Σουϰρὼν : en su caida tenia una ciudad de su nombre : el nombre árabe significa *roxo* , *colorado* ; y tal es su color en las avenidas de invierno.

Xáteba , *Xátiba* , de *Sætabis* , ó *ad statuas* de Antonino : fué célebre por sus texidos y tintorerías en tiempo de los Romanos : los Árabes la llamáron شاطبة ; como si dixeran , *cosa preciosa* ; *excelente* ; pero fué corrupcion de su antiguo nombre.

69 *Alcazába* , es القصاب *Alcazábas* , ferias , mercados : dice que en ella se hacia excelente papel , y buena moneda : de esta voz provino la de *Caspe* , que es قصب , *emporio* , *mercado* : الكساب *Alcasába* es tesorerías , equivalente á الكنز *alcanzías* , tesoros.

Mithcâl , مثقال משקאל *pesos* , decia *Mithal* مثال , que nada significa : el valor del *mith-*

cal era vario segun su peso y su materia ; el de
oro valia tanto como el *Adirhem Bagli* , ó *de
Cabeza de mula*, por un apodo que tenia el Príncipe que le mandó acuñar: este era de 4 *dane-
ques* y medio ; el *danec* era de 8 habas ó granos , y 2 quintos de haba ; el grano se entiende de cebada. El *mithcal* de la Meca pesaba 22
quirates menos una haba, granos de algarroba : la
proporcion del oro y la plata era como 10 á 1:
el *adirham* legal valia 14 *quirates*; pero esto exí-
ge un tratado aparte.

Denia , Dianium de los Romanos por el templo de Diana : esta ciudad fué fundacion de los
Masalienses : Strabon dice de ella cosas que merecen repetirse: Μεταξὺ μὲν οὖν τοῦ Σούκρωνος καὶ τῆς
Καρχηδόνος τρία πολίχνια Μασσαλιωτῶν εἰσὶν οὐ πολὺ
ἄποθεν τοῦ ποταμοῦ, τούτων δὲ ἔςι γνωριμώτατον, τὸ Ἡμε-
ροσκοπεῖον, ἔχει ἐπὶ τῇ ἄκρᾳ τῆς Ἐφεσίας Ἀρτέμιδός ἱερὸν
σφόδρα τιμώμενον , ᾧ ἐχρήσατο ὁρμητηρίῳ κατὰ θάλατ]αν
Σερτώριος.... Καλεῖ]αι δὲ Διάνιον ἀπὸ Ἀρτεμισίου. *Entre
Sucrón y Cartágo hay tres ciudades pequeñas de
los Masilienses no lejos del rio : la mas insigne
es la Emeroscopion (atalaya para de dia) que
tiene en la altura el templo de Diana Efesia,
muy venerado : servíase de este puerto Sertorio
para sus correrías marítimas.... Llámase Dia-
nion, que es lo mismo que Artemision.*

Yebisát , Gebal Yebisát , montes de Ibiza : lo
mismo es جبال يبسات que הרי יבישות , que seria
el nombre que las diéron los Orientales , ó mas

conforme al Dialecto de los Árabes גבולי יבישות *términos, confines de los continentes,* de las tierras propiamente: sabido es que la tierra en el an-
tiguo lenguage oriental se llamó *árida , seca ,*
יבישה que es el nombre Ἔϐουσος , que dice Strabon tenia esta Isla; la otra Ὀφιοῦσα , *Ofiusa ó Ser-*
pentaria , y nuestro Edris á las dos *Yebisát* ; y
de aquí el nombre de ahora *Ibiza :* llamaban tambien los Árabes á *Ibiza Gezira* الشبيمى *Alsabín;*
quiere decir , *Isla de los Pinos ,* que es traduccion del nombre griego πιτυύουσαι , *pityusas ,* pi-
nosas ó pinedas. En los nombres de *Yepes* y *Ye-*
bes tenemos las mismas radicales.

Gebal-Caín , monte Caôn , قاعون קאעון , que
es propiamente *prominencia de la nariz ;* es la
punta que llaman *Cabo-Martin.* T. L. en la ex-
pedicion de Graco en la Celtiberia menciona este
monte : *Magno eum postea prælio ad montem*
Caunum cum Celtiberis pugnasse.

Bekiren بكيران , ahora *Bocayrente* en partí-
do de Xátiba; quiere decir , *los dos Primogéni-*
tos.... De este mismo orígen tenemos la voz *al-*
bacora , breva , que es בכורה הבכרה , y en plural בכורות הבכר *las primeras frutas ;* y entre los
Talmudistas es célebre el título *Bikurim ,* que trata de primicias.

70 *Eblanesa ,* ahora *Blanes ,* cerca del promontorio Artemisio ú Dianio : dice Strabon que
tiene excelente hierro &c. Καὶ νησίδια , Πλανησίαν
καὶ Πλουμϐαρίαν καὶ λιμνοθάλατ]αν ὑπερκειμένην.... ῬΕιϐ'

ἢ τοῦ Ἡρακλέως νῆσος ἤδη πρὸς Καρχηδόνα, ἣν καλοῦσι
Σκομβραρίαν ἀπὸ τῶν ἁλισκομένων σκόμβρων, ἐξ ὧν τὸ
ἄρισον σκευάζεται γάρον. Y las Islillas Planesia y
Plumbaria , y encima un lago marítimo (ensenada).... Despues la Isla de Hércules ya cerca
de Karkedona , que llaman Scombraria , por los
escombros (un pescado) que allí se pescan , de
los quales se hace el excelente escabeche.

Alnedhur النظور τῆς σκοπίας , de la atalaya;
ahora Castillo de Santa Pola.

Elx الش Elche, por la pronunciacion de ش sh,
como se nota en راش Orsh, esto es , Orche , pue-
bla, colonia, poblacion de cierta tribu : nos conservan esta pronunciacion varios nombres de pueblos que menciona Ben Alketib en su Historia de
Granada ; y el de Elche se formó del antiguo
Ilici.

Belx , acaso las ensenadas que hay cerca de
Callosa , ó alguna de las albuferas que hay en
las encañizadas.

Gezirat-Alfiren, جزيرة الفيران Isla de los dos
Lirones ; ahora Isla Grosa, si no es el Islote de
Escombrera, Σκομβραρία.

Tarf-al Cabtál , se halla alguna vez Cabtil,
قبطيل , y se llama جزيرة قبطيل Isla Cabtil,
acaso Cabo de Palos , y la Isla de las Formigas.

Portoman برتمان , que seria Portus Magnus,
ó Puerto Magno ; ahora Portman, ensenada cerca del Islote de Escombrera.

7.3 Cartagena, de Cartagine, Cartago-Nova,

esto es, קרתא חדתא Kaftà-xawà, *Ciudad Nueva*;
ἡ Καρχηδὼν ἡ νία, κ]ίσμα Ἀσδρούβα.... Κρα]ίςη πολὺ
τῶν τάυ]η πόλιων. *La Karkedon la Nueva, fun-*
dacion de Asdrubal, la mas fuerte de todas las
ciudades de por aquí.... Y aun dice mas Strabon:
fuerte por naturaleza y por arte, con puerto,
minas de plata y otros metales; y en ella se hacen excelentes salsas.

· *Segéna,* ἴσως τάχα, San Ginés, aldea del territorio de Cartagena, ó alguna poblacion por allí.

Hisn-Ecla, fuerte de Aguila; acaso donde
ahora llaman *Marina de Aguilas,* y *Playa de*
Aguilas, aldeas del partido de Lorca.

Wadi-Beyra, rio de *Vera,* y *Vera* conserva
su nombre : el rio se llamó por los Moros *Al-*
manzora, y ahora *Almanzor.*

Hisn-Beyra, ó fuerte de *Vera,* es *Montroy.*
Gezira-Carbonira, es *Isla Carbonera.*

Rasif, hácia Torre del Rayo en la costa : en
tierra de Valencia habia un lugar así llamado,
ارصاف *Arrasefe,* las calzadas, los arrecifes.

Xamet Al-Abiad, Cabeza de la Xara سمت,
Samit ; ἴσως, *Cabo-Blanco,* ó *Cala-Blanca, Xa-*
met ó *Samit,* por س no por ش, de donde viene nuestra palabra *cima,* lo mas alto ; y de la
misma la árabe سمت الـراس, *azimut, el zemit* ó
zenit, que dicen los astrónomos por corrupcion:
y شما *semá,* cielo שמים, *shemaim,* y اسمان *osà-*
món de Ebreos y Persas : *los cielos, las alturas,*
idea muy sencilla : no de מים שם *ibi aquæ.*

Cabita Ben-Asued, es *Cabeza del hijo del Negro*, ἴσως *Cal-Negre*, hácia Cabeza de Cope; cerca de una aldea de este nombre en partido de
Lorca.

Tadmir, tierra de Murcia: siempre que Casiri
halló en sus Fragmentos históricos تدمير *Tadmir*,
traduxo *urbs Tadmira*, que no tiene el original,
empeñado en que *Tadmir* es *Palma*, lugar del
partido de Xátiba, quando en los mismos Fragmentos se menciona بلمة *Balma*, ó *Palma* con
su propio nombre.

74 *Nahr-al-Abiad*, rio *Blanco*: la ciudad
de Murcia está en el confluente del rio Segura,
y del que los Moros llamaban *Guadalabiad* ó
Nahr-al-Abiad.

Hisn-Xecura, castillo de *Segura*.

Gingela, *Hingebala* y otras monstruosidades
ha producido la mala escritura de خنضبالة *Chin-
chila* ó *Chinchilla* ﺣ por ﺧ , ﺑ por ﺏ.

Kuteka قونکة : tambien este nombre está mal
escrito ; y por no variar en cosa tan expuesta á
error he dexado las faltas del original , quando
no eran tan manifiestas como la de *Nagha* por
Tagha, *Dubra* por *Duyra*: debe escribirse قونکة
Kuneka , ﻧ y no ﺑ, que es *Cuenca*, ciudad bien
conocida sobre el rio Xucar.

Kelsat ἴσως τάχα , *Xelsa* en partido de Zaragoza.

Santa María de Aben Racin, ahora de *Albarracin*.

Alcant, decia *Alfenet*; pero las distancias manifiestan la mala escritura; es *Alcañiz*. القنت *Al*
canit, quiere decir, *sitio de agua, y que no le da*
el sol, umbrío ó sombrío.

Waidhe, *y* *Wede y Weidhe* se ha leido por
falta de ápices; ha de ser وابطة *Wêbte, Huete*:
la distancia que aquí indica está errada, pues no
dista de Cuenca mas de 8 leguas.

Eclis, Ucles, Alce: tambien está errada la distancia entre Huete y Ucles; dice *18 millas*, acaso fué corrupcion del abreviador, que en el original diria *8 ó 10 millas*, ثمانية او عشر, y omitió
el *elif*, y de la disjuntiva formó copulativa.

77 *Xecura, Segura de la Sierra.*

Nahr-alquivir, Guadalquivir, el gran rio: le
llama de *Córdoba* porque pasa por allí.

Nahr-al-Abiad نهر البيض נהר ביץ, rio de la
Blancura, ó rio *Blanco*, el que pasa por Murcia
con nombre de *Segura*: en la descripcion de la
sierra de donde salen los dos rios hay la expresion de que في نفس الجبل *en el alma del mon*
te.... Yo he traducido *en el corazon del monte*
hay una junta de aguas como una laguna: esto
hizo creer que nuestro Edris hablaba de alguna
laguna que hubiese en el monte.

Monte Nagida النجدة *Gebal-al-Negida,*
es monte de eminencia ó de altura: en algunos
Geógrafos árabes, en Yacut y Abulfeda he visto
opuestas estas voces *Negida* y *Thihama*, por lo
alto y lo baxo: او تهامة الحجاز او في نجد او في

البيمن en lo alto ó en lo baxo de Alheghiaz , ó de Alyemen.

Gadira غديرة , quiere decir , Laguna : ignoro si será nombre propio de lugar.

Ebdat , ahora Ubeda : en algunos manuscritos árabes he visto escrito el nombre de esta ciudad lo mismo que ahora ; pero este geógrafo ha padecido tanto que no puede servir de regla en las nomenclaturas : en un tratado manuscrito árabe de tradiciones azuníticas escrito por un Alim de Arébalo se cita con elogio de sábia á la Mora de Ubeda , sin otro nombre.

Biesa , es Baeza.

Anduxar , conserva su nombre : en la provincia de Jaen , atendidas las radicales de este nombre, puede interpretarse Tierra-Negra ó Morena.

Alcacir ó Alcoceir , diminutivo de Alcázar.

Estexân , Alcántara de Estexân , puente de Estefan , ó Estéban hácia Villa Estéban en partido de Ubeda : ἴσως el puente de Alcolea.

Hisn-Algarf , entre Almodovar y Lora : ἴσως Castro del Rio ; si no es el Carpio por extraña variacion.

78 Alcolia , es diminutivo de Alcalá; quiere decir , castillo pequeño : hay muchos pueblos en España con este nombre ; la que aquí se menciona es Alcolea del Rio , partido de Carmona.

Catinena : ἴσως la Cotina , despoblado del partido de Baeza; si no es Canena en el mismo partido , ó corrupcion del nombre de Costantina , que me parece mas verosímil; porque *Cantillana* está lejos.

Alcerada ó *Alzarada*, unos molinos de Guadalquivir.

Cabtal y *Cabtur*, islillas de Guadalquivir.

Torbixêna, *Tribuxêna*.

Mesquida, ahora *San Lucar*.

Hosain Alfered, es castillejo de *Ferez* en el partido de Zieza: *Hosain* es diminutivo de حصن *Hisn*.

Hisn-Mîla, castillo de *Mîla*, conserva su nombre.

Auriola, *Orihuela de Murcia*: á esta ciudad se acogió Tadmir Ben Gobdos despues de la derrota del exército Godo; y al fin la entregó por capitulacion con otras ciudades.

Almodóvar: este lugar no sé si exîste; si no está viciada la escritura: *Almodóvar* quiere decir *esférico*, *redondo*; pudiera ser *Almoravi*.

Xecura, *Segura*.

Medina Serta; si no está ر por و no sé qué pueblo sea: سرتة si se escribe سوتة, ó sea زاوتي Zeuti en partido de Murcia.

Hisn-Cana: acaso el pueblo que ahora decimos *Cañete de las Torres*, ó la *Gineta*.

Cantarat Axkeya, puente de *Axkeya*.

Liberila y *Alberola* pudiera leerse; es *Librilla*.

Alhama, conserva su nombre; quiere decir el *baño* en partido de Murcia.

81 *Aber-Artebât*, la Atalaya en partido de Lorca.

- *Veyra*, ahora *Vera*.

· *Cumbres de Xucar*, *las sierras de Segura*.

Arrabeta, fuerte de frontera hácia el partido de Almería.

Alcázar, quiere decir aquí *casa fuerte*.

Menaber مناير, es *pueblo de enseñanza*, donde hay المنبر *alminbar*, *cátedra*, silla del Iman quando enseña, ó de los Alimes en Alcoran y Azunna, que son lo mismo que los תנאים *Thenaim* de los Judíos, en la משנה *Misna*, y גמרה *Gemara*.

Berja y Dalia conservan su nombre; son villas del partido de Adra.

Caria-al Benegas, ó alquería de *Ben-Egas*: poblacion así llamada, por una familia ilustre de Moros Granadinos que duró hasta la conquista del reyno y ciudad de Granada : tal vez es ahora *Bene-Ocaz* del partido de Ronda : la torre que aquí menciona puede ser la de Almayate.

82 *Mersa-al Nefira* النفيرة مرسي, puerto.

Cariat-Adra عدرة فرية, alquería de *Adra*; la antigua אבדרה, ó עבדרה, que conserva su nombre con poca variedad.

Caria-Belixena, بليسانة בליישאנה es ahora *Belicena* en partido de Granada.

Mersa-Alferrug, me parece que es ahora *Castil-ferro*.

Caria-Beterna, ahora *Paterna*, en partido de Alpujarras.

Xelilbenia, ahora *Salobrena*, en partido de

Almuñecar : el nombre de *Xelilbenia* es corrupcion del antiguo *Salambina* שלם בינה forma antigua, por שלם בת *Bath-Salam*, *filia pacis*, la
apacible, la grata : este nombre daban á Venus
los Babilonios segun Hesyquio. Σαλαμϐώ ἠ Αφροδίτη
παρὰ Βαϐυλονίοις *Salambone Venus entre los Babilonios*, los Fenices devotísimos de esta deidad;
tanto, que su pais, como dice Esquilo, se llamaba

τὰς ᾽Αφροδίτας πολύπυρον ἀιαν.

De Venus Afrodita fértil tierra.

Y el Escoliaste explica esto diciendo : Φοινίκην ἣν
Αφροδίτης φησὶ ἱερὰν διὰ Βύϐλον καὶ Λίϐανον. *Fenicia
dice que es consagrada á Venus por (el templo
de) Biblo y del Líbano* : estos pues nos trasladáron sus idolatrías y su lengua, y llenáron nuestras costas de templos y sagrados bosques, de
donde les resultaban grandes utilidades.

Almenkeb : esta ciudad dicen que es ahora *Almuñecar*, nombre que viciáron los Moros Granadinos por decir *Almune-caria*, que quiere decir, *villa præsidiaria*, *seu munitionis villa* : la
misma corrupcion de voz final se nota en *Mon-
tuxar* por *Mont-w-caria*, *Mondexar* por *Mont-
caria*, *Montexicar* por *Montexi-caria*.

Caria-Xât, ahora *Jete*, lugar del partido de
Almuñecar, torre del rio de la Miel.

85 *Caria Tarx*, طرس *Torx*, ahora *Torrox*
en partido de Velez-Málaga.

Casbe-Meria-Velx, es ahora *Torre del mar
en la playa*, arrabal de Veled-Málaga: *Casbe*,

mercado de sus frutos; *Meria*, atalaya ó vigía. *Velx* está por *Veled.*

Caria-al Sayra, me parece *Zuxar* del partido de Baza, ó sea *Benitoraf* del mismo partido, la torre del Almayate.

Bezliena ocho millas de Málaga.

Beghena بجانه, el nombre parece corresponder á *Bechina*; pero generalmente convienen en que fué *Nixar* villa del partido de Almería, donde estuvo la antigua Murgis.

Hisn-Alhama, fuerte de los Baños.

Caria Bene-Abdús, ahora es *Bena-haduz*, lugar del partido de Almería.

86 *Menduxar*, ahora *Monduxar y Santa Fe.*

Burxêna, ahora *Purchena*, b en p: nuestros Árabes ó Moros españoles para expresar la p española notaban la ں con *texdid.*

Bele-Zûzd, ahora *Bolodui*, partido de Almería.

Alcacir, *Alcázar de Torviscon.*

Alchandik, *alhondiga*, *fosa*, *granero*: ١٥٥ *Alhendin* le llama قبير *cabir*, esto es, *fosa del sepulcro.*

Artebat, fuerte de frontera.

Obila, ahora *Abla* del partido de Guadix.

Fiñana, conserva su nombre: es villa del partido de Guadix.

Sansal-caria, *Sansal* hácia Huenexa.

Gebal-Salir de la Nieve, ahora *Salar* en partido de Loxa.

P

. *Farira*, ahora *Ferreyra* del partido de Guadix.

Alchandik-Wes, alhóndiga, hoya de Béas de Guadix.

Guadi-Ax , *Guadix.*

Daxma , ahora *Diezma* : en ella *Mencil* , Car-wan-Chane, ó posada á su modo.

89 *Afer-Ferinda* , nombre muy depravado: me parece que se debia corregir افر فريانة *Afar-Farayana*, ahora *Farayan* ó *Farajan* افر , re-petido por defecto de copiante.

Cariat-Wad, *Aldea del Rio* : así terminaban muchos nombres de sitios en España que se han olvidado, ó corrompido la pronunciacion.

Basta , *Baza.*

Monte Aasam ó *Aasim* , monte de las Hondu-ras , ahora *Monte-Armin.*

Caria-Bûra, hácia Gor, alquería *de los Pozos.*

90 *Xuedher* , *Jódar* : el chalat خلاط es el xu-go de la grana قرمز *kirmiz* , que servia para tin-tar el لون قرمزي *color carmezí* , ó *carmesí* que decimos ahora: tambien es árabe el de *iscarlat* ó *escarlata.*

Tuna , fuerte de Tuna , ó de la Higuera.

Quixata قيشاطة , *Quesada*, partido de Úbeda.

93 *Marvilia* , *Marvella.*

Antekira , *Antequera.*

Beyga , *Ben-Amexi* , vega.

Algaidák , ahora *Alcaydete* , del partido de Jaen.

Biana , *Baena* , conserva su nombre.

Cabra, *Cabra del Santo Christo,* del partido de
Úbeda.

94 *Alixena, Lucena.*

Velay ó *Valay,* la villa de la Rambla.

Montirk, ahora *Monturke.*

Sant-Iiella, Suintilla, ó *Santaella.*

Xenil, el *Singilis* antiguó; si no quisiéron decir esto con شنیبل *Xenil,* seria كنیبل *Kenil,* como el Nilo.

Belicena, conserva su nombre.

Xerix, Xerez, conserva su nombre.

97 *Xidúna, Sidonia,* conserva su nombre.

Arha Alcerada, molinos de Guadalquivir : ἴσως
Arahal אחר הרחים tras los molinos.

Mencil-Abán, Posada de Abán, entre Vi-
llaverde y Alcalá del Rio ; ἴσως *Posadilla,* aldea de Córdoba.

Cotaniena, Cantillana, ó *Cotina.*

Algerf: con la variedad de pronunciacion se
desfiguró en este nombre el del *Carpio;* quiere
decir, la *Torre.*

Xusnil, tal vez *Mira-Genil.*

Melbál, ahora este rio se llama *Bembezal.*

Almodovar, Almodovar del Rio en tierra de
Córdoba.

Wada-Roman, rio de los Granados, conserva su nombre. נהר רימונים *Nahr-Rimonim,* rio de
los Granados.

Molinos de Nasich sobre Guadalquivir.

98 *Monte* ó cumbre *Arles.*

Dar-Albacra, casa ó dehesa de vacas.

Betrĥsa, *Pedroches* de tierra de Córdoba ; si no es *Pedriza* despoblado del partido de Antequera,

Gafek, castillo así llamado del nombre de una poderosa tribu.

Calaat-Rabah, *Calatrava*.

Gebal-Amir, tal vez monte *Armin*.

Antĥkit, punto de territorio en África.

101 *La otra ribera Mezma y Bedis*, trata de los pueblos de España, que estan enfrente de otros de África.

102 *Galicia*, Galicia, de Καλαικία, que decian los Griegos ; entre otros Dion : Ptolomeo menciona los pueblos Καλαικοι, y Strabon una ciudad llamada Καλαικία: el Anónimo de Ravena dice *Calletia* : todo de גבלי גיא; quiere decir, *montañas de los Valles*.

Castella, Castilla la Vieja.

Gascunia, el original decia *Ascunia*, **c** por **ĉ**, el pais de *Vasconia*, de donde se llamó la lengua *vascuence*, lenguage antiquísimo, que no tiene relacion con ninguno de los conocidos : no fué general á toda España, ni pasó, al parecer, de las montañas septentrionales de esta península; pues las voces españolas que citan los historiadores romanos no pertenecen á esta lengua, ni son de su genio.

Franch, *Francia*; צרפת *Zarphath* la llaman los Ebreos talmudistas.

Bortekâl , Portugal : la Λουσιτανια de los Griegos , *Lusitania* de los Romanos.

Colamria , es *Cohimbra.*

Mont-Mayor , conserva su nombre.

Naghêu : me parece que por ﺪ se debe leer ﻮ,
y entonces es *Visêu.*

Sertán , Zaratan , alquería ahora en tierra de
Salamanca.

Salmanca , ahora *Salamanca ,* conserva su
nombre.

Samîra, ahora *Zamora* : سامورة *Samîra , dia-*
mante por su fortaleza , ó mas propiamente de
שמר شمر guardar defendiendo : en la lengua
القبطي *alcubti , copta ú egipciáca* hay una planta
espinosa , que llaman سامبرة *samira ,* y los Árabes la llaman *samor ó samora ,* de donde tal vez
nos vino el nombre de la *zarza-mora ,* que seria
سرسة سمرة *zarza-samora.*

Abela , tal vez es *Alba de Tormes* : en esta
parte septentrional es menos exâcto que en la meridional de España ; porque los Árabes nunca co-
nociéron bien esta parte de España.

Secubia , Segovia, de *Segobrica ,* antiguo nombre de esta ciudad : en el año 1462 habia en Segovia una excelente aljama con *alimes* y *alfakies,*
muy sabios y muy honrados Musulmanes : he
visto libros azunníticos escritos por sus alfakies.

Lywria , Liria.

Burgos, decia el original برعس *Boras,* ﻉ por ﻍ,
que me atreví á corregir por ser tan manifiesta

falta de ápice: el nombre es de orígen germá-
nico *Borge*, *Burg* de *Berg*, montaña, altura de-
fendida; y de aquí *Burg*, ciudad, y Πύργος del
antiguo lenguage celta ó frigio Πύργ, torre, altura fortificada.

Behra, *Beyra* ó *Vera*.

Lokruy: me parece que en este nombre se oculta el de *Logroño*.

Castila, *el Castillo* en la Rioja.

Bent-Lerina: faltaban todos los ápices de لرينة;
pero me ha parecido corregir así: *Pont-Lerina*,
Puente la Reyna.

Bamblôna, ahora *Pamplona*, la célebre *Pom-*
peyopolis de los Romanos.

Sant-María, acaso será *Victoria*.

Dabelia دبلية, *d'Abelia*.

Sant-Guliana, *Santa Juliana*, ó *Santillana*.

Sant-Biter, *San Pedro*.

Sant-Aberdam, ó *San Adrian*.

Sant-Salvator, *San Salvador*.

Dhulvira: este nombre oculta alguna enorme
falta, y sospecho que ha de ser uno solo con el
anterior.

Biona, *Bayona*.

Heikal-Suly, templo de *Sella* ó *Salelles*.

Tetila, *Wesca* y *Gaca* conservan sus nombres poco diferentes en la pronunciacion: *Tu-*
dela, *Huesca* y *Jaca*.

Carcaxîna, *Carcasona*.

Camegena, *Cominges*.

Sant-Guan , San Juan de Luz.

Ox ó Aûx , Auche , y antiguamente *Auchs, Augusta Auscorum.*

Bordâl: en el original estaba muy desfigurado este nombre وردأك , y بـردأك por بـرذأل *Bour-deaux*, antiguamente *Bordhâl*, y *Bourdegala* en la Aquitania.

195 *Beitu* por *Poitu* ; بـ por ثـ , que tenia el original.

Yedâras ; ha de ser بـ por بـ *Beziers.*

Belcair , Belcayre , Beaucayre.

Sant-Guân , San Juan de Argeli.

Regala , Rochala y *Rogéla* por la *Rochelle.*

Angirs , Angers.

Cawarûs , Cahors.

Ankulezma , Ankulezma , Angulêma , Angou-lesme.

Ailekia , Soulak.

Sintera , Cintra.

Senterin , Santaren.

Mondin , rio *Mondego.*

Nahr-Budu نهر بوضو *Rivadeo* , ó *Rio-Vadeo.*

Nahr-Duyra , دوبرة *Dubra* decia ; corregí la ب en بـ por ser tan manifiesta falta: es el *Duero.*

106 *Nahr-Mino* , rio *Miño.*

Abraca , castillo de *Abraca.*

Nahr-Taron , نهر طرون rio *Taron* , el de *Cas-tropol.*

109 *Castillo* de la isla de rio *Taron.*

Aladra , rio *Aladra.*

Merár, río *Merar.*

Nahr-Anaxt de Sant Jacůb, río de *Santiago.*

110 *Tamirka*, río *Tamara*, ahora *Tambre*: en los Tamaricos y Nerios.

Ros-al-Tarf, cabo Ortegal.

Mê-al-Ahmar, la ria de *Aroza*, ó sea *la Agua roxa.*

Bart-Tama, *Puerta-Tama*, puerto de muros.

Armeda hácia Corcubion.

Hisn-Algar, *Caravia.*

Artekira, el río de *Camariñas.*

Mon-Sarria-Dabelia, sierra de *Abella.*

Wadi-Calanberia, la Coruña.

113 *Kenisa-Guliêna*, de *Santa Juliana.*

Wadi-Sindria, rio de *Sindria*, de *Cedeyra.*

Wadi-Regina: faltaban los ápices de رجينه; pero por fácil conjetura he notado la voz.

Kenisa Sant-Ardam, سنت ارذام *Sant-Ander*, *Sant-Adriam*, ó *Sant-Ciprian.*

Wadi-Selito-Bard: me parece que debe escribirse وادي صلبطهارة *Wad-Salvatierra*, que es el *Dulbateyra* anterior; todo por *Salvatierra*, ó *Salvatoria* hácia San Sebastian; el rio de *Pasages.*

Beskir, *Pesquera.*

Monte Sebta, *Ceva del Pirineo.*

114 *Heikal-al Zayra*, templo de Venus el Cabo de Creux: lo mismo sucedió en Alexandría con el templo de زحل Saturno, que se convirtió en templo de San Miguel.

Gebal-Alburtât, monte de las *Puertas* , ó de los *Puertos* ; así llamaban al Pirineo , por ser تَغُور الأرض , ó שערי ארץ , *puertas de la Tierra.*

Veled Afranchin ; tierra de los Franceses.

Por camino de arco مع سير تقودس , esto es, *camino con vueltas y redeos.*

117   *Bort-Gaca , puerta de Jaca , Bort-Ax- mora , de las Guardias , y Bort-Xêzar , porta- Cæsaris.*

Bort-Biona , puerta de Bayona.

Cariat-Aba , Riva-de Abia , ó Rivadavia.

Cariat-Watira , Huetaria , ó Quartela cerca de Vigo.

Cariat-Bona-Car , ahora *Villanueva de Gaya , ó por allí.*

118   *Hisn-Abraca ,* castillo de *Abraca ,* ó de *Ponte da Barcá.*

Hisn-Tuya , castillo de *Tuy.*

Medina Liôn , ciudad de *Leon.*

Mont-Wad , monte del *Rio ,* acaso *Ravanal.*

Gebal-Mont-Cabreir , monte del *Cebrero* ó *Cabrero.*

Alcar ó *Alcaru , Caravia.*

Sembaôn , ἴσος *Sahagun ,* abreviacion de *Sant- Facund* ó *Fagund ,* donde está el monasterio, antiguo testimonio de la piedad de los Españoles de los medios tiempos , de los Ansures , Arias y Gonzalos.

Carion , ahora *Carrion de los Condes.*

121   *Burgos :* aqui habia Ꙅ por б : *Burgos,*

fundacion goda , como acredita su nombre.

Naghera , Naxera en la Rioja. Llamaban los Moros á la Rioja بلد السقية *Veled Assikia*, tierra de regadío , de سقي *regar*; y de aquí *acequia* y *azacan*, que quiere decir *aguador*. Entre los sirvientes del Sultan se cuentan los *sakilar* ó *coperos* : de un saki muy hermoso dixo un poeta =

هلك الناس حوله عطشا

وهو ساقي يرب ولا يسقي *

Mueren de sed los hombres á su lado,

La copa ofrece , y la bebida niega.

Castilla ó *Castila*, fuerte de la Rioja.

Hisn-Mont-Lerina, fuerte de Lerina, de la Reyna , ó Reynosa.

Abula, Abila. אבלה καρποφόρος , *feraz.* En Siria y Fenicia hubo ciudades de este nombre.

122 *Bene-Giafane* , antiquísima tribu así llamada.

Comenga , Cominges.

Carcaxona , conserva su nombre.

125 *Molens , Molins.*

Talusa , Tolosa.

Sant-Guan; *San Juan de Argeli.*

Burges , Bourges en la antigua Aquitania.

Nahr-Orlians , Loire : נהר ארליאניש نهر ارليانس escribió el *Jarchi* de Lunel y nuestro *Kimchi.*

CPSIA information can be obtained
at www.ICGtesting.com
Printed in the USA
BVHW042043280622
640732BV00001BA/43